소리를 디자인하는 사람

소리를 디자인하는 사람

세상 모든 소리에
귀 기울이고 있습니다

고지인 지음

바다가 좋은 이유는 파도가 주는 소리 때문이다. 파리를
꿈꾸는 이유는 프랑스어의 감미로움 때문이고 겨울이 좋
은 이유는 눈 위를 걸을 때마다 발자국을 따라오는 소리
가 주는 따뜻함 때문이다. 마음을 편하게 해주는 음악이
흐르는 카페는 커피 맛이 어중간해도 용서할 수 있지만
저 먼 나라에서 공수해 온 커피콩으로 만든 최상의 커피
를 제공해도 몰취미한 음악이 흐르는 카페는 두 번 다시
갈 마음이 들지 않는다. 시끄러운 건 싫어하지만 침묵은
또 견디지 못한다. 시끄러운 음악은 싫어하지만 좋아하는

음악은 주변 모든 소음을 차단할 정도로 크게 듣고 싶다. 남이 만든 소리에 들이대는 기준은 까다롭지만 내가 만든 소리에는 상대적으로 관대하다. 바닥에 신발을 질질 끄는 소리는 싫어하지만 그 소리가 만들어 내는 리듬은 좋아한다.

이렇게 모순투성이인 나는 소리에 집착한다. 신경증 환자처럼 소리에 예민하게 반응한다. 소리 때문에 괴로워하고 소리 때문에 기뻐하며 소리 때문에 경험할 수 있는 최상과 최악의 상태를 하루에도 몇 번씩 왔다 갔다 한다. 나를 들었다 놨다 하는 이 무형의 존재를 내 손으로 만지고 빚어내는 일을 업으로 삼다니, 불행인지 다행인지 아직도 매번 의견이 바뀐다. 예술가라 하기에도 애매하고 기술자라 부르기에도 모호한 사운드 디자이너라는 직업을 다 탐구하고 경험하려면 아직도 멀었지만 그럼에도 여태껏 나와 함께한 경험과 기억은 공유할 만한 가치가 있다고 생각한다.

이 책 전체를 아우르는 주제인 '사운드 디자인'의 범위는 생각보다 광대하다. 내가 하는 이야기 중에는 일반적인 범위를 벗어나는 역할과 내용이 분명 있을 테다. 하지만 정해진 기준과 범위를 벗어나기에 주어지는 흥미와 재미 역시 늘어날 것이다. 더불어 직업인으로서가 아닌 소리에 민감하고 소리에 집착하는 사람으로서 느낀 소리에 대한 감정과 격정 역시 꺼내놓을 작정이다. 다소 거칠고 공격적으로 들리는 부분이 있을지라도 어느 예민한 인간의 간절하고 병적인 외침이라 여기고 너그러운 마음으로 읽어주시길 바란다.

　세상에는 나처럼 시각이나 촉각보다 청각에 의해 움직이는 사람들이 곳곳에 숨어 있다. 그들의 목소리를 대신할 수 있으면 한다. 더 많은 사람들이 소리에 분노하면 좋겠다. 세상이 좋은 소리로 가득 차도록. 눈은 이미 충분히 혹사당했다.

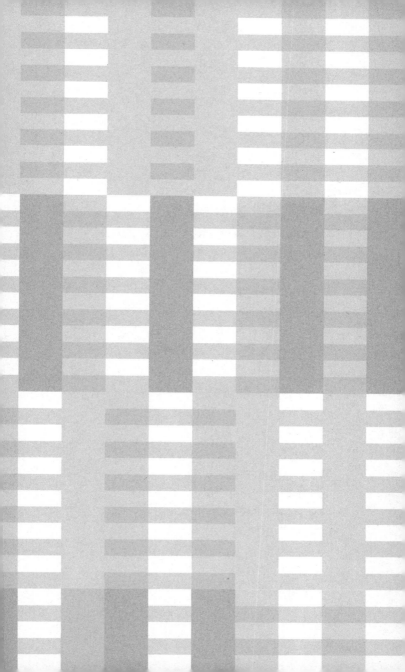

차례

1.

소리와 소음과
음악을 만지는 일

사운드 디자이너, 그 거창한 이름

무슨 일을 하냐는 질문을 받았을 때 "사운드 디자이너에
요"라고 대답하면 주로 얼굴에 호기심과 동경이 가득한
표정이 드러난다. 내가 생각해도 '사운드 디자이너'라는
직함은 참 멋있다. 그런데 사운드 디자이너라는 직업이
이름처럼 그렇게 멋있을까? 어떤 이미지가 떠오르는지
사운드 디자이너를 한번 그려보자.

1. 공기가 잘 통하고 햇살이 샤르르 쏟아지는(악보가 가
   득 쌓여 있는) 작업실 책상 앞에서 세련되고 우아한
   모습으로 피아노를 치고 있는 모습. 영화 〈로맨틱 홀

리데이〉에서 마일스(잭 블랙 분)가 처음 등장하는 장
면과 흡사하다.

2. 모니터와 스피커에서 새어 나오는 빛이 뿌연 먼지를
   스포트라이트처럼 비추는 방 안에서 후드 티와 추리
   닝바지를 입고 충혈된 눈으로 모니터를 들여다보고
   있는 모습. 쉴 새 없이 마우스를 클릭하는 손가락과
   손목은 터널증후군에 정복당했고 한쪽 다리는 초조
   한 듯 떨리고 있다.

나는 당연히 1번이 될 줄 알았다. 시간이 흐르면서 점
점 1번에 가까운 쪽으로 걸어가고 있긴 하지만 늘 2번의
형상이 날 노리고 있다. 아마 두 개를 적절히 섞은 모습이
일반적인 사운드 디자이너의 모습일 것이다. '것이다'라
는 가정법을 쓴 이유는 둘 중 한쪽으로 지나치게 치우진
삶을 살고 있는 사람도 분명 많을 테고, 때에 따라 두 모
습을 하루에도 몇 번씩 오갈 수 있기 때문이다.

'사운드'를 '디자인'하는 사람이라는 의미의 사운드 디
자이너라는 단어 안에는 생각보다 다양하고 복잡한 의미
와 의무가 들어 있다. 음악이라는 영역 자체가 이미 한
정 짓기 어려운, 무한히 뻗어나가는 가능성을 가지고 있

고 흐릿한 경계 안에 '음악Music'과 접촉하는 '예술Art', '소리Sound'와 접촉하는 '기술Technology'이 나란히 존재하기 때문이다. 이런 이유로 사운드 디자이너라는 단어를 들었을 때 예술가를 떠올리는 사람도 있고 기술자를 떠올리는 사람도 있다. 이런 구분이 다 무슨 소용이냐 말할 수 있겠지만 당사자에게는 나름 중요한 경계다.

사운드 디자이너는 TV 드라마나 영화 등에 들어가는 다양한 소리를 현장에서 녹음하고 필요한 소리 또는 효과음을 추후 입히는 사람이기도 하다. 녹음과 녹화는 이미 다 끝났는데 문을 드르륵 여는 소리라든가 창문이 깨지는 소리처럼 상황을 설명해 주는 소리가 희미하게 녹음되면 생생함이 줄어들 수 있기 때문에 이후에 필요한 소리를 재녹음해 화면에 입혀야 하는 일이 생긴다(폴리 아티스트와 교집합점이 있다). 배경으로부터 새어 들어오는 소리를 보정해 배우들의 목소리가 돋보이게 하거나 그 둘의 밸런스를 맞추는 일을 하기도 하며 게임이나 영상 등에 필요한 사운드를 인위적으로 만들어 디자인하는 사람들일 수도 있다. 갖가지 향료뿐 아니라 꽃, 과일, 식물 등을 적절히 배합해 완벽한 조화를 이루는 향을 만드는 조향사처럼 사운드 디자이너는 소리를 만든다. 재료의 배합에 따라 좋은 향과 악취가 한끝 차이이듯 소리 역시 마찬가지다. 재료만 다를 뿐이다.

소리의 성질을 다루기보다는 직접 곡을 쓰고 이야기를 음악으로 풀어내는 사운드 디자이너도 있다. 특정 소리나 효과음을 만들고 편집하기도 하지만 서로서로 잘 어울리는 선율이나 화성을 조합해 사람들의 귀에 편하게 들리는 곡을 작곡한다. 미디어아트나 애니메이션, 광고 및 홍보 영상 등 매체와 상호작용하는 음악이 필요한 곳에 이들이 투입된다. 각 매체별로 성격이 다른 것처럼 들어가는 음악도 다르다. '짧고 굵은' 광고에는 '짧고 굵은' 음악이 들어간다. 음악은 화려한 화면과 함께 움직이며 영상의 다이내믹을 최대한으로 끌어 올려 짧은 시간 내에 보는 이들의 눈과 귀를 사로잡는다. 반대로 전시에 쓰이는 음악은 관람객들이 편안하고 잔잔한 분위기에서 작품을 감상할 수 있도록 개성은 줄이고 작품에 자연스럽게 묻어나게 만든다.

나는 어느 곳에도 소속되지 않고 혼자 일해왔기 때문에 위에 언급한 일들을 거의 다 해볼 기회가 있었다. 어린이 보호구역에서의 사고를 줄이기 위한 공익광고에는 운전자가 급브레이크를 밟으며 나는 끼이익 소리를 최대한 크게 넣어주어 경각심을 일으키고, 물놀이를 하는 장면에서는 첨벙첨벙 물소리를 생생하게 넣어준다. 브랜드나 행사 홍보 영상에는 무난하면서 발랄한 느낌의 통통 튀는 음악을 깔아주고 공연에 쓰이는 음악은 장면과 움직임에 맞춰 말하듯 음악으로 이야기를 들려준다.

즉, 사운드 디자이너는 폴리 아티스트이자 작곡가이며 엔지니어이자 예술가이다. 이들은 오늘도 작업실에서, 스튜디오에서, 회사에서 눈과 귀를 혹사시키며 세상에 좋은 소리를 입히기 위해, 사람들의 귀를 즐겁게 해주기 위해 고군분투한다. 사운드 디자이너라는 직업의 범위를 설명하기 위해 어쩔 수 없이 초반부터 각기 다른 역할과 업무에 대한 조금 지루한 이야기를 늘어놓았다. 이 책을 읽고 사람들이 사운드 디자이너라는 직업에 대해 더 명확하게 이해할 수 있기를 바라는 마음이다.

듣는 이에게 소리가 선명하고 재미있게 들리도록 하는 것이 사운드 디자이너의 역할이다. 그들이 하는 일만큼 그들 각자의 이야기도 선명하며 쾌활하다. 항상 소리를 듣기만 하던 우리에게도 드디어 소리를 낼 기회가 왔다.

취미가 직업이 되면

살면서 사람들에게 들어본 말 중 빈도가 가장 높은 문장 하나를 꼽자면 '좋아하는 일을 해서 너무 좋겠어요'다. 물론 좋다. 너무 감사하고 행복에 겨울 때가 많다. 하지만 좋아하는 걸 매일(가끔은 억지로) 해야 하는 만큼 무엇보다 아기고 좋아하던 대상이 무엇보다 싫어하는 대상이 될 수도 있는 위험 역시 언제나 도사리고 있다.

사운드 디자이너가 된 사람들 중에는 뮤지션이나 작곡가를 꿈꾸다 우회한 사람들이 꽤 있을 것이다. 내 곡을 써서 내 무대의 주인공이 되어 그걸로 돈까지 벌 수 있다면 장밋빛 완벽한 길이지만 현실은 절대 만만치 않다. 무

슨 일을 시도하든 용서되고 이해되는 학생이라는 지위를
벗어던지고 나면 진짜 현실이 시작된다. 부모님의 든든한
후원으로 오래오래 캥거루처럼 포근한 환경에서 살 수 있
는 몇 사람을 제외하고 내가 먹을 쌀은 내가 번 돈으로 사
서 먹어야 하고 내가 살 집에는 내가 일해서 번 돈을 다달
이 바쳐야 하는 사람들에게 '음악을 한다'는 건 타인의 눈,
특히 부모님 눈에는 철없고 당돌한, 곧 지나갈 단계이다.

뮤지션이 되고 싶고 멋진 음악을 하고 싶지만 밥벌이
는 해야 한다. 곡을 쓰는 데 들인 시간만큼 최저시급이라
도 준다면 어떻게든 버틸 수야 있겠지만 아무도 그 시간
을 보상해 주지 않는다. 그래, 일단 음악과 관련된 일을
하면서 돈을 받을 수 있는 일을 시작해 보자, 그렇게 음악
옆에 붙어 있기라도 하면 내 음악으로 인정받는 뮤지션의
꿈에 언젠가 도달할 수 있을 거야. 이런 생각이 위안이 되
기도 하고 구차한 변명이 되기도 하면서 취미가 직업이
되는 일에 뛰어들고 만다.

물론 예외는 있다. 소리가 가진 물리적 특성에 도취되
어 이 직업을 선택하는 사람도 많고 직업적으로 봤을 때
아직 블루오션이라 생각해 이쪽 길로 들어서는 사람 역시
많다. 동기야 어찌 되었든 사운드 디자인은 예술에 접한

영역이기에 예술과 끝없이 부딪히며 함께 걸어야 한다. 예술가에서 직업인이 되는 과정은, 원래 원하던 분야와 비슷하지만 성격이 다른 분야에서 재능을 발휘할 수 있는 기회가 되기도 하고 뜬구름처럼 떠다니던 판타지가 깨지며 안정된 삶에 들어서는 계기가 되기도 한다.

류이치 사카모토 같은 작곡가가 되겠다는 나의 원대한 꿈(사실 음악보다는 그의 준수한 외모와 중후한 라이프스타일이 날 사로잡는다)은 아직 진행형이지만 멋있는 음악과 상대적으로 멋없는 현실을 함께 살아보니 선택받은 1퍼센트 안에 드는 일이 결코 쉽지 않다는 걸 매일 깨닫는다. 함께 음악을 시작했지만 하나둘 살길을 찾아 발걸음을 돌리는 사람들이 생길 때마다 나는 어떻게 아직까지 좋아하는 일로 돈을 벌며 살 수 있을까 생각해 볼 때가 있다. 어떻게 취미가 직업이 될 수 있었을까.

내가 아직까지도 음악을 계속할 수 있는 결정적인 이유를 꼽자면 음악을 향한 식지 않는 열정, 흔들리지 않는 집념, 무한히 솟아나는 애정—이라고 말하고 싶지만 아니다. 현실이 그렇지 못하기 때문이다. 앞의 이유들도 큰 부분을 차지하지만 결코 전부는 아니다. 저 이유가 전부였다면 나는 이미 음악에게 등을 돌리고 뒤도 돌아보지 않고 떠났을 것이다. 모든 것을 다 바쳐 사랑한 연인을 떠날 때 후회 없이, 미련 없이 떠나는 것처럼. 하지만 나는 떠나지 않았다. 음악을 위해서 다른 모든 것을 다 포기할 수 있는 배짱이 없었음에도, 세속적인 혜택을 포기하고 예술에만 집중할 용기가 없었음에도 나는 아직 떠나지 않았다. 덩치 큰 현실 앞에 잔뜩 겁먹은 나를 붙잡아 준 건 무엇이었을까?

음악이 못 버는 돈을 대신 벌어주는 다른 직업이다. 멋없다고 생각해도 어쩔 수 없다. 인간은 노동과 수고에 따르는 대가 및 보수를 받아야 한다. 필요한 만큼 돈을 벌어주지 못하는 일에는 쏟아부은 순수한 첫사랑이 점점 식을 수밖에 없다. 시간과 노력을 아낌없이 쓴 행위에는 보상이 따라야 한다. 삶 그 자체였던 음악이 노동이 되었는데 그에 들이는 육체적, 정신적 노동에 비해 돌아오는 게 없다면, 무보수로 언제 끝날지 모르는 재능기부를 하는 것과 똑같다. 돈을 벌지 못하면 온 맘을 다해 사랑하는 일을 과감히 내려놓으라는 말은 아니지만 사랑하는 대상을 지키기 위해 밥벌이를 대신해 주는 무언가를 찾으면 인내하고 기다리는 시간이 조금은 더 따스해진다. 빛을 발할 날이 올 수도 있고 오지 않을 수도 있지만 현실을 이겨나가는 힘은 충전할 수 있다.

슬슬 '취미는 취미로만 남겨야 한다'는 말이 일리 있게 들린다. 하기 싫은 일 안 하려고 취미를 업으로 선택하려 한 건데 밥벌이해 줄 다른 일을 또 하라니. 조금만 인내하고 내 얘기를 더 들어보길 바란다.

좋아하는 일이 업이 되면 자존심에 상처 입는 일, 눈물 콧물 짜는 일이 의외로 많다. '돈'이 얽히기 때문이다. 땅을 파도 500원이 안 나오는데(옛날엔 놀이터 흙바닥을 파면 나오긴 했지만) 남의 돈 받고 내가 좋아하는 일만 할 수는 없다. 속된 말로 '영혼을 팔아' 클라이언트가 원하는 걸 만들어 줘야 하고 가끔은 말도 안 되는 수정 요청도 들어줘야 하며 이 돈을 받고 이 일을 해야 하는 건지 심각한 자기혐오에 빠지기도 한다. 하지만 어쩌겠는가, 자기가 좋다는데. 자존심 상하는 일이 닥칠 때마다 포기할 수는 없으니 계속 버티고 버티다 보면 익숙해진다.

익숙해진 압박감은 역으로 긍정적인 매너리즘에 빠지게 한다. '이 정도 압박? 이 정도 스트레스? 이미 겪어봤지'라고 코웃음 쳐줄 수 있는 것이다. 물론 다음 프로젝트에는 한 번도 경험해 보지 못한 강도의 고통이 찾아올 수도 있지만 또 버티면 익숙해진다. 그래서인지 처음 '존버'

라는 슬픈 단어를 들었을 때 왠지 모를 동질감을 느꼈다.
압박, 스트레스, 고통 후엔 성취감, 황홀함, 고귀한 차원
의 행복이 찾아온다. 이건 보장할 수 있다.

종합하자면, 좋아하는 일로 돈을 벌면서 좋아하는 대상
을 순수하게 지키기 위해 다른 것들을 자원으로 끌어오자
는 제안이다.

나는 좋아하는 일 서너 개가 모두 직업이 된 아주 희귀
한 사람 중 하나에 속한다. 그것도 분야가 각기 다른 취미
가 모두 업이 되었다. 중학생 때 아빠의 권유(또는 강요)
로 피아노를 배우기 시작해 대학생쯤 음악 아니면 죽을
거라는 예술병에 걸린 시기를 무사히 넘기고 대학원 졸업
후 음악으로 돈 버는 일을 시작했다.

고등학생 때 말도 안 되는 상황 전개로 갑자기 싱가포
르로 이민을 가게 되어 살아남기 위한 방편으로 하게 된
영어에 푹 빠져 대학교에서 영문학을 전공하고(음대 입시
에 떨어짐과 동시에 무조건 영어를 해야 한다는 엄마의 강
력한 권고로) 영어로 돈을 벌게 되었고, 책 읽기를 미친
듯이 좋아해 글자를 삼키고 삼키다 더 넣을 자리가 없어
쓰기 시작한 후 2018년 한 출판사와 계약하며 받은 계약
금이 글쓰기로 만들어 낸 첫 수입이 되었다. 그렇게 내 통

장 속으로 들어온 돈은 내가 언제고 음악을 다시 시작할 수 있는 힘이 되어주었고 지금도 맛있는 음식을 먹고 싶을 때 마음껏 먹을 수 있게 해주는 고마운 존재들이다. 아무리 투잡, 쓰리잡을 뛰고 다른 일들이 음악보다 돈을 많이 벌어다 줘도 나는 늘 음악가로 남고 싶다.

하지만 음악을 시작했다고 해서 꼭 음악만 해야 한다고, 꼭 끝까지 음악을 놓지 않고 붙들고 있어야만 낙오하지 않은 삶이라 생각하지 않았으면 한다. 음악을 중도에 내려놓고 다른 길을 선택한다고 해서, 나중에 다시 음악으로 돌아가기 위해 잠시 다른 직업을 가진다고 해서 실패한 사람인 건 아니다. 오히려 결단력 있게 용기를 낸 사람이며 박수 받을 일이다. 그렇게 경험하는 또 다른 세계는 세상을 바라보는 넓은 시야와 사람을 이해하는 역량을 대신 건네준다. 이들에게는 스트레스와 압박 없이 음악을 두고두고 취미로 즐길 수 있는 특권이 주어진다.

지금 당장은 내가 주인공이 아니어도 음악 만져서 돈 벌 수 있는 게 어디냐고, 음악이 아니어도 다른 재능을 활용해 돈 벌 수 있는 게 어디냐고 잠시 불평하던 마음을 누르고 또 누른다. 이 마음들을 꾹꾹 눌러 다음에 있을 프로젝트를 위해 잉여 에너지를 비축해 둔다. 음악을 업으로 삼았건 취미로만 남겨두건 크게 다르지 않다. 한번 음악에 묶인 사람은 음악에서 벗어날 수 없다.

"영혼은 음악에 저항할 수 없다."

—파스칼 키냐르, 《음악 혐오》

'I'에게 적합한 직업

MBTI 신봉자인 나의 성향은 'I'로 시작하는 내향형이다. 카를 융은 내향형인 사람들을 '내적 개념을 더욱 신뢰하고, 고독과 사생활을 즐기며, 사람 및 사물과의 관계에서 불편함을 느낄 수도 있는 사람들'이라고 정의했다. 이런 사람들에게 타인과 지속적인 관계를 맺으며 한 공간에서 힘을 합쳐 일하라고 하는 건 가혹한 처사다. 칸막이도 없는 대형 사무실에서 수십, 수백 명과 얼굴 및 어깨를 맞대고 일하는 회사원들을 볼 때마다 정말 대단하다는 생각이 든다.

내가 외향적인 사람이라고 착각하고 살았던 지난날, 나

는 패스트푸드 프랜차이즈, 피자집, 일식집, 패밀리 레스토랑 등 어울리지도 않게 서빙 알바만 골라 했었다. 지금 생각해 보면 일했던 업체들에 폐를 끼친 게 아니었나 싶을 정도로 나는 손님을 돕는 일과 맞지 않았다. 피자집에서는 매달 손님들이 투표하는 친절 직원 순위 중 꼴찌를 도맡아 했고 매니저들의 지시를 상시 듣기 위해 꽂고 있어야 했던 헤드셋에서는 제발 쟤 좀 웃으라고 하라는 말이 끊임없이 흘러나왔다. 그러면 누군가 나를 쿡 찌르며 웃으라는 제스처를 한다. 그래서 웃으면 또 '썩소'라고 난리가 나고 정말 힘들었다. 손님 눈높이에 맞춰 테이블 앞에 무릎을 꿇고 앉아 손님이 메뉴를 선택하면 '탁월한 선택이시네요'라고 말하라는 매뉴얼을 전달 받았을 때는 먹은 것이 모두 역류하는 기분이었다. (그럼에도 피자집 아르바이트를 포기하지 않고 1년 이상 근속했던 이유는 근무 시간이 끝나고 공짜로 먹는 피자 때문이었다. 그렇게 맛있는 피자는 아직도 먹어본 적이 없다.)

런던 유학 시절 몇 개월간 했던 옷가게 아르바이트는 정말 고역이었다. 어울리지도 않는 옷을 입어보는 손님들에게 차마 어울린다는 말을 하지 못해 거울 앞에서 나의 의견을 구하는 손님들을 불편한 눈으로 멀리서 바라볼 수

밖에 없었다. 뭐라고 할 말이 없었다. 안 어울리는데 어떻게 어울린다고 거짓말을 해서 옷을 팔 수 있단 말인가! 내가 죽어도 못하는 게 거짓 칭찬이다. 무엇보다 일하던 옷가게 옷이 내 스타일이 아니었다. 내가 파는 옷에 애정이 없었고 손님들에게 이 옷 저 옷을 권유할 수 없었다. 그럼에도 옷은 꽤 잘 팔려서 가게는 확장을 하기까지 했다. 의아한 마음을 품고 있던 나에게 한국인 사장님이 샴페인을 마시며 한 말이 기억에 남는다. "나도 우리 옷 구린 거 알아. 하지만 세상 사람들의 70~80퍼센트는 구려." 아, 이것이 비즈니스구나. 사업의 큰 비밀을 배웠다.

이 옷가게의 가장 큰 매력은 캠든 마켓이라는, 런던의 독특하고 오묘한 곳에 있는 위치였다. 온갖 종류의 사람을 볼 수 있었고 온갖 종류의 언어를 들을 수 있었다. 이쪽에선 중국어, 저쪽에선 불어, 그리고 구분도 할 수 없는 생전 처음 들어보는 전 세계 언어들이 한자리에 모여 역시 전 세계에서 모인 음식 냄새와 함께 뒤섞였다. 나는 아르바이트가 끝나면 녹음기를 들고 다니며 캠든 마켓의 소리를 담았다. 그때 녹음했던 소리를 들으면 캠든 거리를 가득 채운 이국적인 향냄새와, 피어싱과 문신으로 온몸이 뒤덮인 사람들이 만들어 내던 묘한 분위기가 떠오른다. 여기에 대해서는 3장 '런던이 열어준 소음의 세계'에서 더 자세히 이야기하겠다.

이런 나에게 꼭 맞는 일은 혼자 하는 일이다. 회사 소속 사운드 디자이너가 아닌 프리랜스 사운드 디자이너가 되어 좋은 점 중 하나는 혼자서 거의 모든 일을 완료할 수 있다는 것이다. 사람을 직접 대면할 일 거의 없이 카카오톡과 이메일, 간혹 전화로 소통하고, 필요하면 미팅 한두 번이나 행사 당일 모습을 드러내는 것 정도다. 공연 준비 때문에 리허설에 참여할 때에는 좀 더 사람들과 접촉하는 횟수가 높아지지만 그 단계에 이르기 전까진 혼자 있는 시간이 대부분이다. 컴퓨터 한 대만 있으면 모든 것을 해결할 수 있다. 비싼 장비도 필요 없다. 시간과 노력을 조금 더 써서 소리를 잘 만지고 다듬으면 된다.

컴퓨터를 열고 음악 편집 소프트웨어를 켠다. 어떤 악기를 쓸지, 어떤 소리를 쓸지 머릿속으로 대충 그려본 다음 하나씩 가상의 악보 위에 펼쳐놓고 들어본다. 컴퓨터로 작업할 때의 장점이다. 머릿속에서만 그려본 소리를 완벽하게는 아니지만 바로 구현해 볼 수 있다. 미디트랙과 오디오트랙(소프트웨어 안에서 가상악기나 오디오 파일을 입력하고 편집할 수 있게 해주는 트랙) 개수를 하나씩 늘려가면서 전체적인 분위기와 구성을 잡는다. 가장 즐거우면서 동시에 가장 피 말리는 시간이다. 데모를 컨펌 받을 때까지 다른 스타일과 분위기로 연이어 작업해야 하기 때문에 무한한 창의력과 인내심이 요구된다. 몇 번의 카톡과 이메일, 전화가 오가고 드디어 오케이가 떨어지면 (이때 나는 극도의 희열을 느낀다) 이제 세세한 작업 시작이다. 데드라인에 맞추기 위해 완벽함과 타협 사이에서 딜레마에 빠지고 나오기를 반복하다가 최종 파일을 전달한다. 파일명 00_Final을 거쳐 Final_1, Final_1_0912, 이제 정말 최종이 되었으면 좋겠다는 희망과 무언의 압박을 드러내는 힘이 팍 들어간 'FINAL'까지 보내고 나면 나의 임무는 끝이다. 음악이 들어가는 어느 곳에서건 아름답고 멋지게 잘 쓰이길 바라며 기다릴 뿐이다.

　혼자 일할 때의 단점이라면 클라이언트와의 소통이다. 특히 작업 비용을 직접 협상하는 건 아직도 부담스러운 일이다. 클라이언트 쪽에서 금액을 먼저 제시하는 경우가 있고 나에게 제시해 달라고 하는 경우도 있다. 차라리 전자가 마음이 더 편하다. 터무니없이 낮은 금액이 아니라면 최대한 맞춰서 하면 되는데 내가 산정해야 하면 머리가 복잡해진다. 이만큼 부르면 너무 비싸다고 생각하려나, 그렇다고 이것보다 적게 부르면 손해 보는 것 같고……. 내 실력과 위치에 맞게 작업 비용을 책정하는 부분은 늘 고민이다. 결국 내 몸값을 정하는 일이기 때문이다. 이럴 때 어딘가에 소속되거나 다른 사람들과 함께 일하면 좋겠다는 생각이 가끔 들기도 하지만 자율성과 자유가 보장되지 않는 이상 아직까지는 혼자가 좋다. 아티스트 에이전시가 아닌 이상 자율성과 자유를 보장해 주는 회사도 없을 것이다. 회사 입장에서는 굳이 그럴 필요가 없으니까.

살면서 진지하게 입사 제의를 받은 적은 몇 번 있다. 그중 한번은 출판사 편집부, 한번은 게임 회사 사운드 디자이너였다. '갑자기 웬 출판사 편집부?'라고 생각할 수 있지만 영어도 할 줄 알면서 글도 쓰고 책을 좋아하는 사람을 뽑으니 당연히 내가 적임자로 보인다. 뒤늦게나마 안정적인 삶을 꾀해볼까 하는 생각이 잠시 머리를 스쳤지만 도저히 공동체 생활을 잘 해낼 자신이 없었다. 지금 하고 있는 일들을 내려놓아야 하는 것도 큰 모험이었다. 며칠간의 고민 끝에 다시 원래의 자리로 돌아왔다.

게임 회사 사운드 디자이너 역시 꽤 괜찮은 제안이었다. 사운드 디자인에서 게임 분야는 연봉도 괜찮고 복지도 그럭저럭 괜찮기 때문에 역시 솔깃했었다. 지인이 해외로 떠나면서 자신이 있던 자리를 나에게 제안했는데 역시 몇 날 며칠을 고민했다. 안정적인 삶이라는 말이 주는 힘은 컸다. 난 평생 안정적인 삶을 꿈꿨다. 매달 통장에 꼬박꼬박 똑같은 금액이 들어오는 상황을 상상했다. 정해진 연봉을 받으면서 매일 같은 일과를 보내며 게임에 들어가는 효과음이나 테마 음악을 만드는 것도 재미있겠다는 생각이 들었다(후반부에 얘기하겠지만 나중에 얘기를 들어보니 게임 사운드 디자이너는 엄청난 기술력을 요구하는 일로, 결코 재밌고 만만한 자리가 아니었다). 무엇보다 엄마가 그렇게 간절히 원하는 4대 보험을 받아보고 싶기도 했다. 하지만 현재 누리고 있는 자유를 안정과 맞바꾸기에 나는 여전히 너무도 자유로운 사람이었다.

회사에 들어갈 수 있는 기회를 몇 번 날려먹고 처음부터 끝까지 모두 혼자서 해내야 하는 삶을 살면서 그때 회사에 들어갔더라면 어땠을지 궁금한 마음은 있지만 나는 지금 내 삶이 좋다. 눈 뜨는 순간부터 눈 붙이는 순간까지 시간 관리는 오로지 내 손에 달려 있다. 해야 할 일을 마감 직전까지 미루고 하루 종일 놀 수도 있고, 여가와 문화생활을 포기하고 일에만 매달릴 수도 있다. 모두 내 선택이다. 어떻게 보면 1인 기업인 셈이다.

물론 기업과는 비교도 안 되게 수입은 요동치고, 체계도 허술하고 위태위태하지만 앞으로 가긴 간다. 짐을 산더미처럼 쌓아놓고 달리는 삼륜차 같다. 바퀴 세 개로 굴러가기 때문에 정신을 조금만 팔아도 언제 옆길로 샐지 모르지만 꽤 스릴 있다. 말로는 안정적인 삶을 원한다고 하면서 아직까진 스릴과 모험에 조금 더 끌리나 보다. 괜히 잘 굴러가고 있는 다른 단체에 끼어들었다가 어릴 때 그랬던 것처럼 폐만 끼치고 나오는 일을 만들지 말아야겠다. 대신 혼자 조용히, 나의 평생 동업자인 컴퓨터와 함께 일하면서 좋은 소리로 세상과 사람들을 섬기겠다. 그게 나의 소명이다.

컴퓨터와 음악과 인간

세상에는 음악을 만드는 수없이 많은 방법이 존재한다. 주변에서 쉽게 접할 수 있는 어쿠스틱 악기를 연주하는 것에서부터 계속해서 개발되고 있는 최신 기술로 치장한 기기를 활용하는 것까지, 모든 것을 활용해 음악을 만들 수 있다. 규정하기 어려운 소리와 소음까지 음악이라는 범주 안에 포함시킨다면 그 범위는 걷잡을 수 없이 넓어진다. 거기다 인간에게는 아주 훌륭한 목소리라는 악기가 있다. 태어날 때부터 지니고 있는 이 악기는 음색도 어찌나 다양한지 비슷한 목소리는 있어도 똑같은 목소리는 없다. 목소리와 함께 손발을 이용해 손뼉만 잘 치고 발만 잘 굴러도 음악이 된다. 이렇게 음악은 시간과 장소를 초월해 별다른 도구 없이도 만들어진다. 그렇다면 어째서 컴퓨터가 음악이라는 거대한 바다에서 필수불가결한 역할을 하게 된 걸까.

거의 모든 개인이 컴퓨터를 소지하고 있는 현시대에도 컴퓨터는 아직 많은 이들에게 어색하고 낯선 존재다. 심지어 뮤지션들에게조차 컴퓨터는 웹 서핑을 하거나 간단한 업무를 처리하는 역할에 국한되어 있는 경우가 많다. '심지어'는 적절한 부사가 아닐 수도 있겠다. 뮤지션들에게도 아직 컴퓨터는 선택할 수 있는 수많은 옵션 중 하나이기 때문이다. 컴퓨터는 순수하게 음악이라는 카테고리 안에 끼어들기엔 여전히 애매한 위치에 있는 게 사실이다. 왜 컴퓨터가 음악 분야에서 필수불가결한 역할을 하게 되었는지는 아직 이해하고 받아들이기 쉽지 않은 게 사실이다. 이해를 돕고자 간단한 예를 들어보겠다.

작곡을 전공하는 K의 머릿속에 좋은 멜로디가 떠올랐다. 평소 익숙하게 다루는 악기인 피아노로 화성을 입히고 휴대폰 녹음 앱으로 피아노 연주를 녹음했다. 여기에 비트를 얹으면 더 좋을 것 같다는 생각이 들어, 드럼을 전공한 H에게 녹음 파일 위에 드럼 연주를 입혀달라고 부탁했다. H 역시 녹음 파일을 틀어놓고 그 위에 녹음 앱을 사용해 비트를 얹었다. 이제 대충 곡의 그림이 나온다. 그런데 보컬이 없다. 다시 보컬리스트에게 파일을 전달해 그 위에 노래를 얹어달라고 한다. 그런데 뒤로 갈수록 사운드가 뭉개진다. 더 선명하고 완성도 높은 노래를 만들고 싶은데 한 번에 모여서 녹음을 하자니 녹음실을 빌리고 연주자들을 섭외하기가 경제적으로나 시간적으로 부담된다. 100퍼센트 완성된 작품이 아닌 데모를 만드는 일인데 혼자 간단하게 해결할 수 있는 방법이 없을까?

있다. 드디어 컴퓨터가 등장할 시간이다. 컴퓨터 한 대와 음악 편집을 가능하게 해주는 소프트웨어만 있으면 할 수 있다. 마이크도, 스피커도, 마스터 건반도 당장은 없어도 괜찮다. 템포와 박자를 정해준 후 소프트웨어에 포함되어 있는 가상 피아노 악기를 사용해 화성을 찍어주고 샘플로 제공되는 드럼 비트를 추가한다. 템포에 맞춰 휴대폰으로 녹음한 목소리를 살포시 얹는다. 다른 악기들도 입혀보고 악기들끼리의 균형을 간단하게나마 맞춰준다. 아직 사운드는 매우 원시적이지만 가장 기본적인 환경에서 높은 수준의 기술 없이 데모 하나가 탄생했다.

싱어송라이터가 녹음을 포함해 작사, 작곡, 편곡, 믹싱,

마스터링까지 모두 할 수 있는 시대가 왔다. 예전엔 영어만 잘해도 사람들의 칭송을 받았지만 이제 영어는 갖고 태어나는 것이라는 말이 있을 정도로 기본적인 실력이 되었다. 음악에서도 마찬가지다. 보컬리스트라고 해서, 기타리스트라고 해서 그 분야 하나만 잘하는 것으로는 부족하다. 기본적으로 음악 프로그램을 다룰 줄 알고 작사, 작/편곡은 물론 이제는 믹싱과 마스터링까지도 직접 할 수 있는 이들이 기하급수적으로 늘어나고 있기 때문이다.

기술 발전 속도와 더불어 음악 편집 소프트웨어의 업데이트 역시 빨라지고 있다. 업데이트와 함께 간단한 작업을 수행할 수 있는 속도도 점점 빨라진다. 90년대 중반에는 소리를 편집하기 위해 소리가 녹음된 테이프를 잘라 다른 순서로 배치하거나 뒤집기도 하며 원하는 효과를 얻었지만 지금은 마우스 클릭 몇 번과 필요한 플러그인을 불러와 뚝딱 해결할 수 있다. 평소 흥얼거렸던 음악을 연주와 함께 녹음해 보고 싶었다거나 작곡을 제대로 시작해 보고 싶은 사람들에게 컴퓨터가 꼭 필요한 이유다.

애플에서 생산하는 컴퓨터인 맥이 있으면 무료로 설치되어 있는 '개러지 밴드Garage Band'로 시작해도 좋다. 그 외 장비들은 이후 작업을 하면서 자연스럽게 필요한 순서

대로 차근차근 장만하면 된다. 한 번에 목록을 짜서 수백만 원을 들여 홈 레코딩 장비를 맞추는 경우도 있지만 이렇게 한다고 해서 꼭 더 좋은 음악이 만들어지는 것도 아니고 이렇게 하지 못한다고 해서 컴퓨터 음악을 시작할 수 없는 것도 아니다. 장비보다 더 중요한 건 컴퓨터가 갖고 있는 가능성과 능력을 효과적으로 활용하겠다는 자세이다.

처음부터 컴퓨터로 하는 음악은 어렵고 복잡하며 돈도 많이 들 거라고 겁먹고 있으면 그 과정은 당연히 지루하고 고될 수밖에 없다. 시중에 나와 있는 음악 편집 소프트웨어는 셀 수 없이 많아서 그중 어떤 것을 고르느냐는 개인의 취향이다. 이런 소프트웨어를 전문 용어로는 DAW 라고 하는데 'Digital Audio Workstation'의 약자로 디지털상에서 음악 작업을 할 수 있게 해주는 환경을 말한다. 음악의 조각들을 나열해 시퀀스를 만들 수 있게 해준다는 뜻에서 '시퀀서sequencer'라고 하기도 한다. 가격은 약 20만 원에서부터 80만 원, 또는 100만 원이 넘는 것까지 천차만별이고, 대부분의 제조사가 학생 및 교육자들에게 적게는 10퍼센트에서 많게는 40퍼센트 정도까지 교육 할인을 제공한다.

'로직 프로Logic Pro'는 초보자들이 사용하기도 쉽고 가격도 20만 원대로 아주 저렴하지만 맥 운영 체제에서만 작동하기 때문에 대신 맥 컴퓨터를 사야 한다는, 배보다 배꼽이 더 큰 조건이 있다. 내가 맥을 사용하게 된 계기도 로직 때문이다. 아직까지 꾸준히 맥을 쓰고 있는데 애플의 전략이 아주 잘 들어맞은 경우다.

이외에 기본적인 준비물을 몇 가지 꼽자면 오디오 인터페이스, 모니터 스피커, 헤드폰, 마이크, 미디 컨트롤러인데 처음부터 비싼 제품을 쓸 필요는 전혀 없다. 먼저 예산에 맞는 가성비 좋은 제품을 써보고, 업그레이드가 필요할 경우 본인에게 진짜 필요한 부분이 어떤 것인지 정확히 파악한 뒤에 돈을 투자하는 것이 현명하다. 아무리 거액을 들여 고가의 장비들을 보유해도 제대로 활용하지 못하면 가장 저렴한 제품을 썼을 때와 다를 바 없는 결과물이 나오기도 한다.

여기까지 준비되었다면 아주 훌륭한 홈 레코딩 시스템을 갖춘 것이다. 차음과 방음 등 모니터링 및 레코딩 환경역시 중요하지만 여유가 없다면 이 정도로도 충분하다. 이제 하나씩 연결해 보며 각각의 관계를 알아보고 뚱땅거리고 놀아보면 된다.

컴퓨터를 활용해 음악을 만들 때 드러나는 장단점은 극명하다. 장점은 무한한 가능성을 실험해 보고 시도할 수 있으며 기술이 주는 달콤한 편리함을 마음껏 맛볼 수 있다는 것이고, 단점은 기술이 무섭게 발전하는 시대에 살고 있는 우리 모두가 예측할 수 있을 것이다.

'너는 컴퓨터를 배우지 말았어야 했어.'

어릴 때 나의 음악에 많은 조언과 충고를 해준 분이 어느 날 문득 내게 하셨던 말이다. 컴퓨터를 다루기 시작할 즈음의 나는 피아노와 기타만 있으면 몇 시간이고 곡을 쓰고 공연할 수 있는 뮤지션이었다. 피아노, 기타와 더불어 목소리도 내가 내세울 수 있는 악기 중 하나였다. 그런데 컴퓨터에 흠뻑 빠지고 난 후부터, 내 곁을 떠나지 않던 악기와 목소리는 우선순위에서 밀려났다. 컴퓨터 안에서 새로운 소리를 찾고 만들고 조합하며 모험하는 소리의 세계가 너무 짜릿했다. 미디MIDI(컴퓨터에서 악기를 사용하고 제어할 수 있도록 해주는 고맙고 편리한 것)를 다루는 실력이 진보할수록, 쓰지 않으면 녹슬듯 악기 연주와 노래 실력은 자연히 퇴화했다.

가끔 컴퓨터 없이 곡을 쓰고 노래하던 때가 그립기도 하다. 그 시절 내 음악이 더 진실했는지 지금 하는 음악이 더 진실한지는 알 수 없다. 음악을 대하는 진지하고 진정성 있는 나의 태도가 둘을 판가름하는 기준이 될 수 있을 것이다. 컴퓨터라는 도구는 음악이 갖고 있는 한계와 가능성을 탐험하는 기회가 될 수도 있고 음악적 아름다움을 간과한 채 기술을 뽐내는 것에 그치는 참담한 결과를 가져올 수도 있다.

인간은 도구를 사용하며 발전했다. 도구는 서로에게 해를 가하는 무기가 되기도 하고 인간을 돕는 제2의 손이 되기도 한다. 어떤 아이덴티티를 부여할지는 우리의 손에 달려 있다.

가끔은 기계가 무섭다

아빠는 목사님이다. 어릴 때부터 기계를 좋아했던 아빠는 새로 나오는 장비와 기기, 특히 음향 관련 기기에 관심이 많았다. 그리고 아빠의 관심이 고스란히 나에게로 전해 내려왔다.

아빠는 교회에 이런저런 세련된 장비를 구비해 놓고 싶어 했지만 늘 예산이 가로막았다. 항상 리서치 단계에서 종결되었던 아빠의 꿈은 교회에 감사한 마음을 표하시고 싶다던 고모부 내외의 후원과 함께 대형 스크린 TV로 실현되었다. 가사나 예배 순서 등을 보여주는 흐릿한 빔 프로젝터 화면이 눈이 시릴 정도로 선명한 화면으로 대체되었다. 컴퓨터와 연결해서 화면을 공유할 수 있고 유튜브 화면을 띄울 수도 있으며 필요하면 TV를 틀 수도 있는, 온갖 기능이 다 들어간 이 TV가 예배에 투입된 후로 리모컨을 조작하는 아빠의 손길이 바빠졌다. 하지만 바빠진 손만큼 진땀도 늘었다.

"아니, 이게 왜 또 안 되지? 거참, 또 문제네."

아빠 말로는 '아무것도 손대지 않았는데' 매주 똑같은 설정으로 똑같은 위치에서 똑같은 역할을 하는 TV가 불통이 된다. 그것도 꼭 예배 시작 직전에. 아빠는 연신 이마의 땀을 닦으며 케이블을 모두 뽑아서 다른 위치에 꽂아도 보고, TV 내 세팅을 바꿔도 보고 할 수 있는 모든 것을 다 해본다. 그렇게 20분 정도를 고생하고 나면 갑자기 아무 일도 없었다는 듯 TV는 원 상태로 돌아오고 대체 어떤 메커니즘으로 작동한 건지 확인할 겨를도 없이 부랴부랴 예배가 시작된다.

"어떻게 매주 이래요! 진짜 아무것도 손 안 댄 것 맞아요?"

엄마는 답답함에 가슴을 치며 아빠에게 의심 반 분노 반의 핀잔을 주지만 나는 아빠의 말을 믿는다. 그리고 안다. 정말 아무것도 손대지 않았는데 먹통이 되고 불통이 되며 사람을 바보로 만들어 버리는 기계의 영악함을.

사운드 디자인은 컴퓨터로 작업하기 때문에 컴퓨터의 노예가 될 때가 자주 있다. 말도 잘 듣고 잘 작동하던 게 갑자기 고집을 부리며 멈춰버리면 빌어도 보고 달래기도 하며 컴퓨터가 자비를 베풀기를 기다린다. 컴퓨터로 해본 거라고는 크레이지 아케이드밖에 없는 내가 스물세 살에 어쩌다 미디에 빠져 당시 120만 원이라는 거금을 들여 맥북 흰둥이를 샀다. 그 하얗고 매끄러운 존재가 내 두 손에 쥐여졌을 때의 희열이란. 지금은 인터넷에서 클릭 몇 번으로 다운로드 받을 수 있는 소프트웨어가 묵직한 두께의 CD로 집으로 배송되던 시절 미디를 시작했고 10년이 넘는 세월을 사이좋게 함께하고 있다.

수많은 음악 편집 소프트웨어 중 나는 주로 로직 프로라는 소프트웨어를 사용한다. 지금은 상용화되어 온라인 강좌도 많고 매우 안정적인 상태에 이르렀지만 처음 로직을 쓰기 시작한 2009년 즈음엔 인터넷에도 아무런 정보가 없었다. 그렇게 신비로운 존재였던 로직이 내 속을 무던히도 썩였는데 툭하면 경고 창을 띄우고, 외부 장치와의 연결을 거부하고, 분명히 저장해 놓은 프로젝트를 홀연히 사라지게 했다. 하루도 마음 편할 날이 없었다. 처음부터 제대로 배워 제대로 시작했다면 그런 문제가 덜했겠지만 독학생이었던 나에게는 로직을 길들이는 데 걸리는 시간이 남들보다 배는 들었다.

그때 나에게 엄청난 도움의 손길을 준 건 아직도 건재하는 네이버 카페 맥쓰사(구. 맥북을 쓰는 사람들) 회원들이다. 그들은 마치 전장에 처음 나온 초보 병사를 이끌어 주듯 날 인도해 줬다. 얼굴도 이름도 모르는 나를 네이트온 채팅으로 지도해 주고 심지어 어떤 분은 전화로 원격 강의까지 해주었다. 그분은 '그렇게 고마우면 떡볶이나 한번 사주세요'라고 했지만 겁이 많았던 나는 랜선 너머에 존재하는 익명의 남성을 실제로 만날 용기가 없었다. 하지만 그분들이 있었기에 지금의 내가 있다고 말해도 과언이 아니다. 그들의 도움이 없었다면, 고집도 세지만 변덕도 심한 나는 분명 중도 포기했을 것이기 때문이다. (2009년, 절 도와주셨던 맥쓰사 회원님들 진심으로 감사합니다.)

잠시 미디를 처음 시작했던 시절의 회상에 젖었지만 본론으로 돌아오면, 혼자 작업할 때 이런 문제가 생기면 어떻게든 시간을 들여 해결할 수 있다. 하지만 행사나 공연 때 이 상황을 맞닥뜨리면 머릿속이 하얘진다. 제대로 다

연결했는데 갑자기 소리가 안 난다거나 시스템이 멈춘다거나 재생이 안 된다거나, 예상치 못한 상황은 셀 수 없이 발생한다. 그런 문제가 일어나면 아빠가 그랬던 것처럼 지푸라기라도 잡는 심정으로 컴퓨터를 껐다 켜거나 라인을 다 뽑고 다시 연결하는 등 가장 기초적인 것부터 모두 시도하게 된다. 모순적이게도 이 원시적인 방법이 가장 효과적이기도 하다.

작년에 있었던 무용 공연에서 나는 제대로 기계에게 배신을 당했다. 공연을 준비하며 규모가 큰 악기 구성을 모두 라이브로 하기에는 예산 부담이 커서 관악기 두 개는 MR로 대체하기로 결정했다. 마우스로 하는 막노동을 아낌없이 투자한 결과 MR로 제작한 악기 소리가 라이브로 연주하는 악기들과 이질감 없이 잘 어울렸다. 모든 것은 마지막 리허설까지 매우 순조롭게 진행되었다. 그동안 연습한 대로만 하면 전혀 문제 될 것이 없었다.

관객 입장이 시작되고 막이 쳐진 무대 뒤쪽 내 자리에서 마지막으로 맥북에 연결된 선들과 충전 상태를 체크하고 MR을 재생해 줄 로직의 상태도 확인했다. 라이브로 연주를 할 때는, 리듬 파트가 bpm('bpm'이란 음악의 속도를 숫자로 표시한 것으로 'beats per minute'의 약자다)을 소리로 들려주는 메트로놈을 들으며 연주하는 게 안전하다. 특히 무용 공연은 연주 속도가 조금만 달라져도 무용수들이 춤추는 데에 불편함이나 어색함을 느끼기 때문에 메트로놈이 나오는 트랙을 따로 만들어 줘야 한다. 당연히 이 트랙이 관객 쪽 스피커로 나가면 큰일 난다. 관객들이 공연 내내 똑딱똑딱 소리를 듣게 되는 것이다. 그래서 메트로놈 트랙은 메인 리듬 파트 연주자에게만 들리도록 따로 아웃풋(소리의 출력)을 설정해 줘야 한다. 리듬 파트 연주자의 이어폰으로 소리가 나가도록 아웃풋을 설정해 주고 메인 스피커로 나가지 않도록 트랙 자체는 음소거 해준다.

공연 전 이 모든 것을 체크했다. 메트로놈이 나오는 트랙이 음소거 되어 있는지 체크, MR이 나오는 각 트랙의 볼륨이 적절한지 체크, MR이 나오는 순서 체크. 모든 것이 이전 리허설에 맞춰놓았던 설정 그대로였다. 어떤 흔들림도, 변화도 없었다. 나만 MR을 재생할 타이밍에 스페이스 바를 잘 누르면 되었고 스페이스 바를 누르는 검지 손가락의 하찮은 떨림만 잘 조절하면 되었다.

차분히 공연이 시작됐다. 나의 검지손가락은 다행히 스페이스 바를 누를 수 있을 정도의 수준으로 떨려주었고 이내 안정을 되찾았다. 인트로 음악이 스피커를 통해 흘러나오고 악기가 하나둘씩 추가되었다. 곧 내가 피아노 연주를 시작해야 할 때다. MR로 트럼펫 연주가 시작되면 8마디 기다린 후 내가 들어가면 된다.

자, 이제 트럼펫 연주가 나와야 한다. 빨리 나와라, 트럼펫! 그런데 아무 소리도 들리지 않는다. 내가 못 들은 거겠지. 공간 소음과 다른 악기들 소리에 묻힌 거겠지. 다행히 나는 마디수를 처음부터 세고 있었으므로 한 번의 위기를 넘기고 제때 피아노 연주를 시작했다. 앞부분은 듣지 못하고 놓쳤지만 이제 심혈을 기울인 트럼펫의 킬링 파트가 나올 차례다. 이 멜로디를 쓰기 위해 내가 얼마나 고생했던가. 영화 〈레미제라블〉 사운드트랙에서 영감을 받았다고 얼마나 떠들고 다녔던가. 곧 모두가 그 감동적인 순간을 함께 맞이할 것이다.

'4, 3, 2, 1', 침묵. 트럼펫이 나오지 않았다. 아까처럼 또 나만 못 듣고 있는 것인가. 이 상황에서 아무리 주위를 둘러봐 봤자 열심히 연주하고 있는 연주자들이 할 수 있는 게 아무것도 없음을 알면서도 나는 내 옆의 베이스 연주자를 간절히 바라보며 무언의 의견을 구했다. 그리고 약간 찌푸려진 미간과 어둠 속에서도 강하게 느껴지는 눈

빛으로 알 수 있었다. 무언가가 잘못되었다는 것을.

손으로는 연주를 하고 머리로는 마디 수를 세며 눈으로 맥북 화면을 빠르게 훑어봤다. 트럼펫이 입혀져 있는 트랙의 M(Mute) 버튼에 불이 들어와 있었다. 즉, 트럼펫이 음소거 되어 있었다. 영화 〈2001 스페이스 오디세이〉에서 컴퓨터 '할'의 빨간 레이저 눈이 인간을 주시하듯 하늘색 눈을 한 M 버튼이 나를 그렇게 보고 있었다. 나는 오른손으로는 문어발처럼 건반을 치면서 허겁지겁 왼손으로 M 버튼을 비활성화 했고 트럼펫은 마치 술에 취해 딴 짓하다가 나올 타이밍을 놓친 배우처럼 절뚝이며 무대에 등장했다.

잠깐 삐걱대긴 했지만 나머지 공연은 아주 매끄럽게 흘러갔다. 하지만 나는 공연을 전혀 즐길 수 없었다. M 버튼의 잔상이 공연 내내 날 괴롭혔다. 커튼콜까지 모두 끝나고 안도의 숨이 터져 나왔지만 여전히 좌불안석이었다. 도둑이 제 발 저리다고 무대 옆에서 "지인아, 수고했어!"라며 감동과 환희가 가득한 얼굴로 인사하는 안무가 언니에게 어색한 웃음과 함께 "네"라고, 정말 딱 한 음절로 대답하고 얼른 2층에 있는 연주자 대기실로 도망치듯 올라갔다.

뒤풀이 시간까지 대기하는 동안 아무도 내 실수에 대해 이야기를 꺼내지 않기에 모르는 척 버티다가 다시 한 번 제 발이 저려 연주자들에게만 살짝 술 취한 트럼펫의 비밀을 털어놓았다. 분명 난 아주 작게 속삭였는데 저기 멀리 있던 무용수 한 명이 내 말을 들었는지 "아! 그래서 뭔가 이상했구나!"라고 말하는 것으로 시작해 "트럼펫이 나와야 하는데 안 나와서 의아했다", "뭔가가 비었는데 뭔지 몰랐다" 등등 나의 바람과 다르게 이쪽저쪽에서 이 런저런 말들이 터져 나오기 시작했다.

다행히 나의 실수라는 의견은 절대 아무것도 손대지 않았다는 나의 강력한 주장/변명에 묻혔고, 대신 어쩌다 그런 일이 일어났는지 온갖 추측이 난무했다. 스태프들이 리허설 후 악기들을 무대 밖으로 옮기다가 혹시 말도 안 되는 우연의 일치로 정확히 M 버튼을 누른 것 아닌지, 내가 닫아놓았던 랩탑 화면을 열면서 역시나 어떤 말도 안 되는 우연으로 키보드에서 M 버튼만 눌린 것은 아닌지, 모든 가능성이 제시되었다. 결국 이 해프닝은 보이지 않는 오페라의 유령 소행이었다고, 그렇게 초자연적 현상으로 마무리되었다.

난 아직도 결백하다. 정말 아무것도 손대지 않았다. 사람보다 영리한 기계가 나를 농락한 것이다. 내 말을 믿지 못한다면 〈2001 스페이스 오디세이〉를 보길 바란다. 그 래도 날 믿지 못한다면 어쩔 수 없다. 아빠는 내 마음을 이해해 줄 테니까.

사운드 디자인을 왜 하나요

나는 아주 오래전부터 공간에 맞는 사운드 디자인을 꿈꿔 왔다. 한번은 그 꿈이 이뤄질 수 있는 기회가 왔다가 코앞에서 계획 전체가 무산된 적이 있다. 예산 때문이었다. 한 브랜드 기획 회사에서 국내 유명 백화점의 브랜딩을 맡았는데 선견지명이 있던 회사 대표님이 백화점에 어울리는 향과 함께 잔잔하게 공간에 스며들 음악까지 함께 기획하는 원대한 포부를 갖고 프로젝트에 필요한 사람들을 찾다가 나와 연락이 닿았다.

꿈을 꾸는 것만 같았다. 이렇게 좋은 기회가, 이렇게 좋은 클라이언트와 함께 찾아오다니. 대표님이 공간 안의 사운드를 맞춤형으로 디자인하는 것이 얼마나 중요한지, 왜 사람들이 그 부분을 깨닫지 못하는지를 열렬히 이야기 하시는데 귀가 번쩍 뜨이고 눈이 초롱초롱 빛났다. 그렇게 설렐 수가 없었다. 드디어 소중한 아이디어가 자본과 함께 나에게 찾아왔구나. 백화점의 이미지에 맞게 고급스러우면서도 독특하고 심플하면서도 귀를 사로잡는 고유한 플레이리스트를 선보일 마음이 앞섰다. 이 분야의 선구자가 되어 쭉쭉 뻗어나갈 생각, 우리나라에 있는 수많은 공간이 아름다운 소리로 가득 찰 생각에 마음이 부풀었다.

하지만 역시 돈 앞에서 무너졌다. 백화점에는 사람들이 별로 신경도 안 쓰는 음악에까지 쓸 예산은 없었다. 마음이 매우 쓰라렸지만 소리에 대한 사람들의 인식이 점차 바뀌면 언젠간 반드시 다시 찾아올 기회라 생각하고 벼르고 있다.

가까운 동네에 서울에서 제일 비싼 아파트 단지가 새롭게 들어섰다. 적어도 3년에 한 번은 서울에서 제일 비싼 아파트가 갱신되는 듯하다. 주변을 돌아다니다 그 아파트 상가에 맛집과 구경거리가 많다고 해서 잠시 방문한 적이 있다. 역시 최고급 아파트 상가는 달랐다. 모든 게 대리석으로 미끌미끌 번쩍번쩍하고 사람들에게서도 부티가 흘러넘쳤다. 티셔츠에 청바지를 입고 에코백을 어깨에 멘 내가 상대적으로 매우 후줄근해 보였다.

의자 하나에 몇 백만 원이나 하는 가구점도 구경하고, 가격표를 들춰보기도 부담되어 얼만지 안 궁금한 척하던 편집숍을 나와 역시 우아함이 철철 넘치는 안경점에 들어 갔다. 통유리로 된 외관과 묵직한 문이 '우리 안경 비싸' 라는 말을 대신했다. 그런데 문을 열고 들어가자마자 약 2초간 멍해졌다. 그 엘레강트하고 모던하고 아방가르드 하고 아이코닉한 인테리어 디자인을 한 가게 안이 울부짖 는 목소리로 가득했다. 사방에 장착된 스피커에서는 너 아니면 죽을 수도 있다고(진짜 가사는 이게 아니었지만 너 무 애절해서 이렇게 들렸다) 가슴 치며 노래하는 발라드가 울려 퍼지고 있었다. 안경을 살펴보는데 노래하는 이의 감정이 나에게까지 전달되어 편히 구경할 수가 없었다. 볼륨도 너무 커서 마음뿐 아니라 귀까지 얼얼했다. 미니 멀한 비트의 일렉트로닉만 틀어놨어도, 재즈만 틀어놨어 도, 그것도 아니라면 뉴에이지 음악이라도 틀어놨다면 공 간의 분위기와 이미지는 완.전.히. 달라졌을 것이다.

브랜드 이미지에 맞는 음악을 트는 것도 업무의 연장이다. 돈을 지불하고 서비스를 받는 사람들이 편안한 분위기에서 시간을 보낼 수 있도록 환경을 조성해 줘야 하는데 유독 배경음악에서는 이 사실이 간과될 때가 많다. 개인의 취향이자 자유라고 주장한다면 어쩔 수 없다. 한 가지 확실한 사실은, 공간에 어울리는 사운드 디자인은 브랜드의 아이덴티티와 공간이 가진 고유한 분위기를 나타내 줄 뿐 아니라 방문한 사람들의 기분도 쾌적하고 편안하게 만들어 준다는 것이다. 이는 곧 브랜드 이미지와 서비스에 대한 만족도로 이어질 수 있다.

매일 원하지 않는 소리에 지쳐 있는 우리의 귀에 휴식과 즐거움을 줘야 하는데, 슬프게도 공간 사운드 디자인의 중요성에 대한 사람들의 인식은 제자리걸음이고 오히려 퇴보하고 있는 듯하다.

사운드 디자인이 왜 필요하냐 묻는다면 이렇게 답하고 싶다.

'모든 것을 바꿔놓으니까.'

소리에 의해 모든 게 바뀌는 경험을 해본 적이 없다면 아직 소리에 신경을 그만큼 쓴 적이 없기 때문이고, 신경을 쓰지 않았기 때문에 그동안 찾아왔던 순간을 놓쳤을 뿐이다. 공간에서 소리의 중요성을 느낀 적은 아직 없을 수 있으나 영상에서는 분명 있을 것이다. 잠시만 생각해 보면 음악이나 소리가 인상적으로 남은 작품이 한두 개는 떠오를 테다.

대학원 영상음악 수업 시간에 교수님이 영화에서 발췌한 짧은 영상을 하나 보여주었다. 가족끼리 조용한 분위기에서 식사를 하고 있는데 갑자기 밖에서 똑똑 문 두드리는 소리가 난다. 딸이 문을 연다. 밖엔 아무도 없다. 저 멀리 길 아래쪽까지 내다보지만 길에도 사람의 흔적은 보이지 않는다. 거리는 쥐 죽은 듯 한산하고 고요하다. 여기에서 영상은 끝난다.

교수님은 학생들에게 영상이 어떤 내용이었냐 물었고 우리는 위 내용대로 답했다. 그리고 교수님이 영상을 한 번 더 재생했다. 이번엔 달라진 게 있었다. 이번 영상에는 중간중간 음악과 효과음이 입혀져 있었다. 가족이 밥을 먹고 있고 문 두드리는 소리에 나가 보고 아래쪽까지 내다보고…… "앗, 저기 불빛이 깜빡였는데요?", "사람 모습이 희미하게 보였는데……", "강아지인가?" 갑자기 새로운 목격담이 속출한다. 길 아래쪽을 내려다볼 때 첫 번째 영상에는 없었던 긴장감을 끌어 올리는 음악이 보는 이들에게 무언가 있을 거라는 의심을 불러일으켰고 화면을 더 유심히, 샅샅이 살펴보게 만든 것이었다. 반대로 같은 영상에 무난한 분위기의 장조 음악을 입히면 불길한 일이 일어나리라는 의심과 걱정은 사라지고 일상적인 가족의 식사 장면이 연출된다.

음악 없는 영화와 다큐멘터리, 효과음 없는 애니메이션과 드라마는 상상만 해도 황폐하다. 소리는 영상에서도 주연배우 못지않은 중요한 역할을 한다(순전히 음악을 만드는 일을 업으로 삼은 내 관점에서 하는 말이다). 뤽 베송 영화만의 소리가 있고 타란티노만의 소리가 있다. 히치콕만의 소리가 있고 데이비드 핀처만의 소리가 있다. 영화의 장면 뒤에는 미장센을 소리로 표현하는 작곡가와 소리가 만들어 내는 효과를 극대화하는 사운드 디자이너가 있다. 보이지 않는 소리를 만지기 위해 그들은 엄청난 가격의 아날로그 장비가 갖춰진 스튜디오에서 미세한 소리까지 완벽하게 구현하고자 분투한다. 소리가 가진 힘을 알기 때문이다.

일과를 마치고 당시 작업실이 있던 뚝섬역 2번 출구에 내렸다. 하늘은 어스름하니 땅거미가 지고 있었고 퇴근한 사람들이 각자의 목적지를 향해 바쁘게 걷고 있었다. 에스컬레이터에서 내리면서 나는 이어폰을 꽂고 음악을 재생했다. 그리고 정말 신기한 경험을 했다. 어떤 음악인진 기억나지 않지만 순간 주변 모든 것이 슬로우 모션으로 변했다. 공원에 옹기종기 모여 있던 비둘기들이 퍼드덕 날아가는 모습, 지나가는 사람들의 발걸음, 하늘에 떠다니는 구름, 모든 게 눈앞에서 부서져 천천히 흩어졌다. 말로 설명할 수 없는 경험을 하고 나는 부리나케 작업실로 뛰어 올라가 곡을 썼다. 장면이 날아가기 전에, 눈앞에서 사라지기 전에 가사로 옮겼다. 너무 빨라서 따라가기조차 벅찬 도시가 음악으로 채워지며 느려진 순간이었다.

> 어지러운 조명과 소음, 좋은 음악으로 모두 차단하고
> 영화 속의 슬로우 모션처럼 잘게 부서지는 저 장면들
> —jiinko, 〈Slow City〉

소리는 상상, 감정, 분위기, 이야기를 바꾼다. 지금, 잠시 이어폰을 꽂고 매일 듣던 똑같은 음악이 아닌, 독특한 분위기와 색다른 장르의 음악을 재생해 보길 바란다. 창문 밖으로 보이는 칙칙한 건물들이 한 번도 보인 적 없던

새로운 모습을 선보일 것이고 그 사이로 빼꼼 모습을 드러낸 하늘도 여느 날과는 다른 색을 뿜낼 것이다. 무엇보다 주변을 두르고 있는 공간이 가진 이야기가 바뀌며 짧은 시간이나마 다른 공간을 여행할 수 있을 것이다.

공간을 채우는 사운드가 왜 중요한지, 사운드 디자인을 왜 하느냔 질문에 어느 정도 답이 되었으면 한다. 나의 부족한 글 솜씨가 충분한 답을 주지 못했다 한들 관심만 끌었어도 성공이다.

소리가 좋지만 소리가 싫은 나의 직업병

쫍쫍 촤압 츄웁 딱 촥.

대체 누구야, 누가 이 고요를 무자비하고 몰상식한 매너로 깨뜨리고 있는 것인가. 범인을 찾기 위해 들고 있던 책을 무릎에 내려놓고 눈알을 굴린다. 저쪽인가, 아니다. 그럼 이쪽인가. 저기 화려한 등산복을 입고 짙은 화장에 큐빅이 잔뜩 박힌 운동화를 신은 한 중년 여성이 지하철 문 옆에서 온갖 현란한 기술로 껌을 씹고 있다. 얼마나 더 시끄럽고 얼마나 더 거슬리게 껌을 씹을 수 있는지 자신의 한계를 시험해 보는 듯 입과 혀의 근육과 어금니를 온 힘을 다해 사용하며 자신만의 리듬을 즐기고 있는 그 사람에게 점차 분노가 쌓여간다. 이때부터 모든 신경이 그 축축하면서도 절도 있는 소리에 집중되면서 읽고 있던 책은 뒷전이 된다.

대체 왜, 왜 공공장소에서, 그것도 이렇게 조용한 곳에서 저렇게 해야만 하는 것인가. 다시 책을 읽으려 해도 글자가 눈에 들어올 리 없다. 똑같은 줄을 몇 번이고 반복해서 다시 읽고 있다. 머릿속으로 대답 없는 질문만 반복한다. 대체 왜…… 왜…….

결국 자리를 옮겨 옆 칸으로 간다. 자, 마음을 가다듬고 다시 책을 읽자. 한 문장을 채 읽기도 전에 알 수 없는 소리가 스멀스멀 귀 주변을 맴돈다. 이건 또 뭐지? 소리의 출처와 내용을 파악하기 위해 다시 책을 무릎 위에 올려놓고 재빨리 시각과 청각을 동원해 주변을 탐색한다. 이번엔 젊은 남성이다. 이어폰을 꽂지 않고 유튜브로 걸그룹 영상을 보고 있다. 나름대로 주변 사람들을 배려해 볼륨은 최대한 줄인 듯하다. 하지만 조용한 지하철 안에 들릴 듯 말 듯 퍼져나가는 비트와 사운드가 더 거슬린다는 사실을 정녕 모르는 것인가. 심장이 빠르게 뛴다. 이를 꽉 깨문다. 오늘도 나의 평온은 무참히 침범 당했고 처참히 깨졌다.

무더운 여름, 창문을 조금 열어놓고 자다가 밖에서 시끄럽게 떠드는 소리에 잠을 설친다. 새벽에 공원에서 그렇게 우렁찬 목소리로 통화를 하면 모두가 자고 있는 시간을 방해한다는 걸 모르는 건가! 다음 날, 멍한 머리로 "어제 새벽에 밖에서 통화하는 소리 들었어?"라고 물으면 다들 "아니"라고 한다. 또 나만 들었고 나만 잠을 못 잤다.

직업의식이 투철히 발휘되는 또 다른 영역은 음향에 지나치게 반응하는 눈치 없는 신경이다. 참석했던 결혼식을 돌아볼 때 많은 사람들이 음식을 기억한다. 연어가 냉동이 아니라 신선했고, 스테이크는 무지막지하게 비싼 예식장 비용에 비해 질겼지, 디저트는 꽤 괜찮았고……. 하지만 나는 음향을 기억한다.

그 결혼식은 음향 상태가 꽝이었어. 왜 축가용으로 그런 마이크를 썼을까. 왜 믹싱 콘솔을 비전문가가 만질까. 마이크가 지직거리는데 왜 아무도 조치를 취하지 않을까. 신랑신부를 위해 지인이 공들여 준비한 축가가 시작되었는데 마이크는 먹먹하고 목소리가 중간중간 끊기기까지 한다. 이미 시작 부분부터 집중력이 떨어진다. 그 이후부터는 불편함 때문에 더더욱 노래에 집중할 수 없다. 화가 날 지경이다. 평생 동안 기억날 결혼식인데 소리를 이렇게 대충 다루다니.

친한 친구의 결혼식에서 축가를 하기 전 잠시 사운드 체크를 하는데 소리가 너무 먹먹해 담당자에게 EQ(이퀄라이저) 조절을 부탁했다. 담당자는 진심으로 황당하다는 표정이었다. 지금 그런 하찮은 거 신경 쓸 때가 아니라는 얼굴이었다. 답을 기다리고 있는 나에게 담당자는 (조금도 과장하지 않고 말해서) 찡그린 얼굴로 손을 휘휘 저으며 그냥 하라고 시늉했다. 지금 같으면 별점 테러라도 했을 텐데 그땐 그런 것도 없었다. 노래방에서처럼 에코를 넣어달라 한 것도 아니고 내 귀에도 내 목소리가 안 들리니 조금 손봐 달라고 한 게 그렇게 무례하고 무리한 부탁이었는지…….

이렇게 피곤하다, 나의 삶은. 결혼식도 맘 편히 즐기지 못한다. 그 누구도 신경 쓰지 않을 소리까지 모두 잡아내고 받지 않아도 될 스트레스를 기어이 끌고 들어와 머리에 김이 나도록 혼자 속앓이한다. 대중교통을 꺼리고 운전을 선호하는 이유이기도 하다.

지하철과 버스 안에는 우리가 상상하는 것 이상으로 온갖 종류의 소리가 난무한다. 오늘 이 칸 안에 있는 모든 사람들에게 내가 무슨 말을 하는지 알려야겠다는 자세로 통화하는 사람들, 몇 분에 한 번씩 소리 내서 하품하는 사람들, 휴대폰 자판 소리를 켜놓고 엄청난 속도로 타자를 치는 사람들. 그런 사람들과 한 번 문이 닫히면 영영 열리지 않을 것 같은 이동 수단을 타고 어두운 터널을 여행해야 한다는 건 엄청난 용기를 필요로 하는 일이다.

무의식적으로 소리를 만드는 사람들이 무조건 잘못되었다고 말하고 싶진 않다. 그들은 정말 자신이 만들어 내는 소리를 듣지 못하거나 들어도 별로 신경을 쓰지 않기 때문이다. 주변에 있는 다른 사람이 비슷한 소리를 내도 동일하게 무반응이다. 즉, 그들은 내가 똑같이 거슬리는 소릴 내어도 개의치 않아할 사람들이다. 병적으로 소리에 민감한 내 잘못이 훨씬 더 크다. 언제나 덜 민감한 사람이 이긴다.

나는 항상 전화기를 무음으로 설정해 놓는다. 띠링띠링 울리는 소리를 견딜 수 없어서다. 심지어 드르륵 울리는 진동 소리도 감당할 수가 없어 무음이다. 엄마의 결사반대에도 불구하고 밀어붙인 독립생활 초반에는 방 한 칸짜리 작업실을 쌍둥이 언니(이후 J)와 나눠 써야 했기에 우리는 끝없는 신경전을 벌였다. 신경전의 반 이상은 소리 때문이었다. 휴대폰 소리 때문에, 기타 치는 소리 때문에, 전화 통화 소리 때문에. 일과 관련해 카톡 메시지와 전화를 수시로 확인해야 하는 J의 휴대폰은 쉬지 않고 울려댔다. 그럴 때마다 나는 참을 인 자를 마음속에 그리며 마음을 다스렸고 나의 불편한 심기를 이미 눈치챈 J와 나 사이에는 긴장이 끊이지 않았다. 그리고 언제나 더 민감한 내가 졌다.

아침마다 J를 깨우는 알람은 시간을 설정해 놓은 휴대폰이 아니라 내 발길질이었다. 알람의 첫 화음이 시작되자마자 깨어나는 나는 꿈속에서 빠져나올 생각조차 하지 않는 J의 어깨나 허벅지 등을 깰 때까지 발로 차곤 했다. 그제야 으어어 소리를 내며 일어나 아무렇지도 않게 씻으러 가는 J를 보며 나는 아직 한 시간 정도 남은 내 알람을 끄고 주섬주섬 일어난다. 오늘도 난 진 거다.

강원도에 있는 고등학교에 다니다 서울에 있는 대학에 입학해 부푼 마음으로 기숙사에 들어간 지 2주 만에 줄행랑친 이유도 소리 때문이다. 뺨 때리듯 로션을 바르고 새벽에도 드라이어로 머리를 말리는, 똑같은 사투리로 새벽 3시까지 수다 떠는 룸메이트 세 명과 한 방을 쓰던 매일매일이 나에겐 악몽이었다.

기숙사를 떠나던 날, 룸메이트들에게 단 한 마디 인사도 없이 대학로에 있는 오래된 고시원으로 탈출했다. 깨끗하고 쾌적한 환경의 기숙사보다 비좁고 음침해도 조용한 1.5평짜리 고시원 방이 더 좋았다. 옆방 사람이 하품하는 소리도 들리는 건 흠이었지만 고시원 사람들은 방음이 안 된다는 사실을 너무 잘 알고 있었기에 행여 소리가 들릴세라 조심조심 생활했다.

　　집 앞 놀이터에서 아이들이 소리를 지르며 뛰어놀고 있다. 너무 소중한 모습이다. 하지만 그 소리에 나는 하던 일을 멈추고 한숨을 쉰다. 놀이터에서 노는 아이들의 숫자가 점점 줄어들고 있는 시대에 아이들 소리가 들린다는 건 기쁜 일이다. 아이들이 내는 소리가 점점 많아지고 커져야 하는데 그 소리에 이렇게 반응하는 내가 싫다. 내 귀에 특정 소리를 거르는 필터가 있으면 좋겠다.

　　소리에 민감한 사람이 소리를 다루는 직업을 갖게 되면 이렇게 된다. 예민함에 직업병까지 더해져 일상이 더 피곤해진다. 하루 종일 듣지 않아도 될 소리까지 몽땅 찾아 들으니 지칠 수밖에 없다. 이미 지칠 대로 지친 나의 귀는 일하면서까지 헤드폰을 통해 소리를 또 듣는다. 가끔은 전적인 고요가 절실하다.

소리가 정말 좋은데 소리가 정말 싫다. 큰일이다.

2.

예술인의 '사운드',
직업인의 '사운드'

소리의 균형, 사람의 균형

수십 년의 경력이 있다 한들, 기술적으로 최고의 장비를 갖춘 환경에서 일을 한다 한들, 소리를 예술로 대하는 자세가 없으면 결국 똑같은 순서로, 똑같은 설정만 적용하는 반복되는 업무와 다를 바 없다. 반대로 예술을 표현할 수 있는 기술이 없으면 머릿속에 가득한 아이디어를 구체화할 수 없는 막다른 길에 다다를 수 있다. 음악과 음향이 떼려야 뗄 수 없는 관계이듯 예술과 기술은 아름답게 공존해야 한다. 기술이 무서운 속도로 인간을 따라잡고 있는 이 시대에는 더더욱 그렇다.

사운드와 관련된 직업을 조금 더 세분화해 보면 기술과

밀접하게 접촉하는 사운드 엔지니어가 있다. 작곡가나 사운드 디자이너와는 다른 역할을 가진 사운드 엔지니어는 녹음실에서 최선의 상태로 소리가 표현되고 녹음되도록 하드웨어와 소프트웨어를 조작하고 제어하며 녹음이 끝난 음원의 믹싱과 마스터링도 담당한다. 믹싱과 마스터링은 또 무엇인가. 이건 뒤에 다시 설명하도록 하겠다. 사운드 디자이너가 음악을 담당한다면 사운드 엔지니어는 음향을 담당한다. 둘의 임무는 겹치기도 하고 나눠지기도 한다.

공연장에도 음악감독이 있고 음향감독이 있다. 극장에 상주하거나 외부에서 섭외하기도 하는 음향감독은 음악감독이 만든 음악이 최선의 상태로 들릴 수 있게 부족한 부분은 키워주고 날카로운 부분은 부드럽게 깎아준다. 관객들에게 '어떤' 음악이 들리는지는 음악감독의 몫이고 음악이 '어떻게' 들리는지는 음향감독의 몫이다. 넓고 깊은 음악과 소리의 세계에는 각 부분을 담당하는 사람들이 이렇게 많다.

이제 엔지니어가 전문적으로 담당하는 믹싱이 무엇인지 간단하게 알아보자. 원고 초안을 쓸 때에는 일단 있는 이야기 없는 이야기를 모두 가져와 하얀 종이 위에 쏟아

붓는다. 머릿속에 맴도는 재료가 사라지기 전에 빠르게 내용을 구성하고 순서를 짠다. 그다음 차근차근 가지를 치듯 필요 없는 부분을 쳐내고 세부적으로 수정한다. 이 단어는 너무 자주 나오니까 다른 단어로 대체하고, 이 단어는 어감이 세니까 조금 더 온화하게 바꾸고…… 문장끼리 앞뒤로 잘 어울리도록 배치도 바꾼다. 몇 번이고 수정을 거듭하면 거칠고 조잡하던 글은 어느새 매끄럽고 보기 좋게 다듬어져 있다.

믹싱도 비슷한 과정이다. 작곡을 끝냈다고 해서 끝이 아니다. 생각보다 많은 사람들이 작곡과 편곡만 끝내고 나면 음악이 완성되었다고 생각한다. 하지만 믹싱하지 않은 음악은 대접 안에 달걀프라이, 온갖 나물, 참기름, 고추장 등을 모두 때려 넣고 제대로 비비지 않은 채 그대로 떠먹는 것과 같다. 밥알과 나물은 흩어지고 고추장은 뭉쳐 있다. 성격이 급한 엄마는 비빔밥을 가끔 이렇게 먹지만 나는 그럴 때마다 엄마의 숟가락을 탁! 막는다. 그리고 양념과 재료가 한데 잘 섞이도록 오른손으로 왼손으로 열심히 비빈다. 그래야 보기에도 좋고 맛도 좋다.

음악을 만들 때에도 듣기 좋게, 깔끔하게 정리하는 믹싱이 반드시 뒤따라야 한다. 글쓰기와 비교하면 머리보다 컴퓨터와 장비의 도움을 많이 받을 뿐 보는 이, 듣는 이가 편하게 감상할 수 있도록 정리하는 과정이라는 건 동일하다. 작업할 때 '대충-빨리-잘'의 순서를 늘 기억해야 하는 이유다. 어차피 수정은 이후에 필수로 거쳐야 할 단계이기에 초기 단계부터 세부적인 사항에 집착하면 발전하지 못하고 제자리를 맴돌게 된다. 수 시간에 걸쳐 공들여 다듬은 글자와 소리가 나중에 봤을 때 전체적인 구성에 들어맞지 않아 가차 없이 삭제되는 상황은 늘 있다. 대충 음악의 틀을 잡고, 빨리 악기를 입히고 흐름을 정한다. 그리고 소리를 잘 만진다. 하나하나 세밀하게.

훌륭한 장비도 중요하지만 믹싱에서는 좋은 귀가 아주 중요하다. 다양한 장르의 음악을 얼마나 많이 들어봤는지, 또 얼마나 명확하게 음악 안에 뒤섞여 있는 요소들을 파악할 수 있는지 등은 믹싱 능력에 지대한 영향을 미친다. 믹싱 전문가가 아닌 사람이라도 반복되는 훈련과 경험, 그리고 실수를 거치면 어떤 사운드가 세련된지, 어떤 사운드가 조잡한지 구분할 수 있다.

음악 감상을 전문적으로 하는 사람이 아닌 일반 청취자들은 어떤 믹싱이 좋은지 나쁜지 잘 구분하진 못한다. 하지만 이들의 귀는 고가의 장비와 고급 인력으로 믹싱된,

기술적으로 완벽한 대중가요에 의해 상향평준화되어 있다. 그들의 귀를 만족시키기 위해서는 기존 곡을 분석하고 따라 해보면서 귀를 훈련하는 과정이 필수다.

곡을 쓰면서 믹싱을 동시에 할 수도 있다. 트랙별로 볼륨을 조절하는 것, 소리가 한 군데에 뭉치지 않게 양옆으로 방향을 나눠주는 것처럼 아주 기본적인 것들도 믹싱의 한 부분이다. 원하는 사운드를 돋보이게 하기 위해, 음악적인 효과를 위해, 악기들의 균형을 맞추기 위해, 믹싱은 중간중간 계속해서 이루어져야 한다. 이런 이유로 믹싱과 작곡은 독립적으로 존재하지 않고 서로의 영역을 조금씩 건드리며 존재한다.

최종 단계인 마스터링은 세심하게 믹싱한 악기 및 소리 요소들을 한 개의 음원으로 뽑은 후 우리 귀에 생생하고 선명하게 들리도록 마지막으로 손질하는 과정이다. 가끔 음악 스트리밍 사이트에서 장르별로 묶어놓은 컴필레이션 앨범을 들을 때 앞에 나온 노래보다 뒤에 나온 노래의 볼륨이 더 작거나 크게 들릴 때가 있는데 큰 음압을 선호하는 엔지니어나 스튜디오, 아티스트가 있고 적당한 음압을 선호하는 쪽도 있어서 그렇다. 음압은 장르별로도 상이하지만 주로 시대 흐름과 유행에 맞춘다. 유행이라고 해봤자 점점 커지는 것뿐이지만. 80년대에 나온 팝송을 듣다가 2020년대에 나온 팝송을 들으면 볼륨의 다운 버튼을 세 번 정도 눌러야 할 만큼 음압 차이가 확연하다. 그래서 발매된 지 수십 년 된 앨범이 리마스터링되어 나오는 경우가 빈번하다.

음악 제작 과정에서 이렇게 큰 역할을 담당하는 믹싱이 나에겐 가장 까다롭고 어렵다. 트랙이 100개라면 각 트랙에 있는 아주 작은 소리까지 치우침 없이 모두 들려야 하고 따로, 또 같이 잘 어울려야 한다. 엄청난 집중력과 인내심이 필요한 과정이다. 집중력과 인내심이 우리 집 강아지만큼 부족한 나에게는 나의 한계를 시험하는 인고의 과정이기도 하다.

믹싱 전문가에게 맡기는 게 가장 좋지만 음원 하나에 아주 저렴하면 20만 원 정도부터 시작해 몇 백만 원까지도 한다. 내가 가장 비싸게 맡겨본 건 한 곡당 90만 원이었다. 그것도 지인 할인을 받은 비용이다. 게다가 마스터링 비용은 별도다. 내 작품이면 그렇게 투자할 의향이 있지만 의뢰 받아 쓰는 곡 작업에 믹싱 마스터링 비용까지 더해주는 곳은 거의 없다.

소리들 간의 균형을 맞추는 일만큼 나에게 또 어려운

일은 인간관계에서 균형을 맞추는 일이다. 작업 과정은 혼자 할 수 있지만 작업의 시작과 사이사이, 그리고 끝에는 사람과의 상호작용이 있다. 돈이 엮인 문제이기 때문에 더더욱 조심스럽고 예민하다. 결과물이 나오기까지 어떤 식으로 소통해야 하는지, 어느 정도까지 솔직해져야 하는지, 어떻게 해야 내가 냉정해 보이지 않으면서 또 무례해 보이지 않는지 아직도 어렵다. 트랙 50개를 믹싱하는 것보다 이해관계로 엮인 사람 사이에서 균형을 맞추는 게 더 어렵다. 일과 나 자신의 균형 맞추기도 쉽지 않고 왔다 갔다 하는 내면의 균형을 맞추기도 쉽지 않다.

무엇보다 돈을 따를지 신념을 따를지 늘 고민이다. 돈이 좀 덜 돼도 예술적으로 가치가 큰 작업에 시간을 쏟는 것과 돈은 잘 주는데 기술만 빼 먹히는 것 같은 일 사이에서 어느 쪽에 가까워져야 할지, 어느 쪽에 비중을 더 크게 둬야 할지 매번 달라진다. 이건 비빔밥 재료를 잘 섞는 것과는 차원이 다른 이야기다.

소리의 세계에서나 인간 세계에서나 균형은 참 어렵다. 음악에서처럼 그렇게 해주는 장비라도 있으면 좀 쉬워질까.

나 때는 발로 뛰었지

천안에 있는 나사렛대학교 실용음악과에서 5년 정도 컴퓨터음악/MIDI를 가르쳤다. 방학을 제외하고 꼬박꼬박 월급도 나오고 어디 가서 내세울 수 있는 타이틀도 있으니 그동안 가졌던 수많은 직업 중에 부모님 및 일가친척이 가장 만족스러워했던 직업이다. 내가 가진 지식과 경험을 전수할 대상이 있어 나에게도 매우 행복하고 흡족한 시간이었다.

지속적으로 음악 쪽에 붙어 있으면서 학생들을 가르치는 고상한 직업도 가져봐서 그런지 겉으로는 내가 누군가의 멘토가 될 만한 자질이 있다고 보이나 보다. 음악을 그만두네 마네 매일 밤 울고불고 난리를 쳤다는(과거형으로, 다시 현재형이나 미래형이 되지 않기를 간절히 바라고 있다) 사실을 그들은 모르기에 충분히 그럴 수 있다고 생각한다.

음악은 하고 싶은데 어떻게 해야 할지 몰라 방황하는 누군가의 아들, 조카, 제자, 친척의 상담을 요청하는 사람들이 간간이 있었다. '실용음악과를 졸업하긴 했는데 어디에서 어떻게 시작해야 할지 모르겠다', '영화음악을 하고 싶은데 회사에 들어가면 영화음악 작곡가가 될 수 있는 건지 알고 싶다', '유학을 가야 할지 한국에서 공부하며 인맥을 쌓아야 할지 고민된다' 등등 사연은 다양하다. 이분들의 꿈을 진심을 응원하고 끝까지 포기하지 않고 원하는 바를 이루게 되기를 간절히 바라지만 한낱 프리랜서인 내가 어찌 이런 고민에 답을 줄 수 있을까. 선택할 수 있는 옵션은 너무 많고 간절함은 크고 부모님의 고민은 깊어만 간다. 절박한 마음을 당연히 알지만 나에게 과연 이들에게 조언해 줄 수 있는 지혜가 있으며 나라는 사람이 그럴 만한 위치에 있는가 고민하면서부터 언제부턴가 이런 요청을 완곡하게 거절하고 있다.

어느 날, 한 제자와 통화를 하다가 "패션이나 영상 쪽

음악 하면 돈 많이 벌지 않나요? 어떻게 하면 그쪽 일 시작할 수 있어요?"라는 질문이 혹 들어왔다. 첫 번째 질문에도 정확한 답을 줄 수 없었고 두 번째 질문도 마찬가지였다. 사람마다 다르고 때에 따라 다르고 운에 따라 다르기 때문이다.

성공한 음악가가 되는 가장 좋은 방법, 또는 앞날이 보장된 정해진 길은 정말이지 없다. 뛰어난 예술가로 인정받아 가만히 있어도 일이 밀려들어오는 사람이나 회사에 소속되어 월급을 받는 사람들이 아닌, 클라이언트로부터 건당 돈을 받고 음악을 만들거나 수정하는 직업으로서의 음악인의 일은 척박한 땅에 언제 올지 모르는 수확 때를 기다리며 씨를 뿌리는 것과 같다. 성실함과 운이 맞아떨어지면 풍족한 먹을거리를 구할 수도 있고, 누구보다 성실했음에도 예기치 못한 기후 변화나 내가 모아둔 식량을 노리는 야생동물을 만나면 쫄쫄 굶는 날도 있는 것처럼, 먼 미래를 그려보기엔 감안해야 할 변수가 너무 많다.

각 직업별로 말 못할 고충은 있겠지만 자유로워 보이는 나를 부러워하는 친구들에게 나는 이렇게 말한다. "너희에겐 그래도 고정적인 수입이 있잖니." 고정적인 수입이라는 단어가 주는 파급력은 생각보다 매우 크다. 고정적인 수입은 낮은 대출 금리, 다양한 복지 혜택, 그리고 안정적인 생활로 이어진다. 무엇보다 부모님의 한숨과 걱정으로부터 탈출하게 해준다. 모두 프리랜스 사운드 디자이너에게는 사치인 것들이다.

'포기하지 않고 음악에만 집중하면 언젠간 무조건 (잘)될 거야', '아르바이트해서 돈 벌 시간에 작업을 더해'라고 말은 해줄 수 있지만 그 뒤에 따라오는 결과는 말한 자가 아닌 그 말을 듣고 행한 자가 감당해야 할 몫이다. 암울한 현실을 쭉 읊어줬음에도 음악 관련 일을 시작하고 싶어 하는 사람들은 셀 수 없이 많다. 그만큼 매력적인 일임을 증명하는 현상이기도 하다.

이력서에 텅 빈 공간이 넘치는 실용음악과 졸업생, 초년병 작곡가, 사운드 디자이너는 대체 어떻게 일을 따내느냐 묻는다면 나의 답은 거두절미하고 인맥이다. 허무한 답이다. 지겹고 또 지겨운 인맥이라니. 프로덕션 회사에 입사하지 않는 이상 사운드 디자인이라는 분야는 다른 분야보다 조금 더 컬러풀하고 화려한 예술이라는 옷을 입었을 뿐, 학연, 지연으로 통하는 현실을 부정할 수 없다.

'외국에서도 인맥이냐'라고 묻는다면 짧은 기간이나마 멀리서 지켜본 바로는 어느 정도 그렇다고 말할 수 있다.

지금은 상황이 많이 바뀌었을지 몰라도 초반에는 인맥을 타서 일을 맡게 되는 경우가 잦다. 물론 인맥으로 일을 구했다고 해도 실력이 없고 성실하지 않다면 도태된다. 준비된 자에게 기회가 온다는 말처럼, 인맥을 기회로 이용하려면 본인이 준비되어 있어야 하는 건 당연지사다. 실력은 바닥이 드러났고 불성실한 태도에도 인맥 하나로 밥그릇을 계속 붙잡고 있는 사람들 역시 셀 수 없이 많다. 그들이 안 그래도 흐르지 못해 탁해진 이 바닥의 물길을 가로막고 있는 사람들이다.

그렇다면 내가 맡은 첫 번째 일도 인맥으로 구했을까? 그렇다. 학부는 영문학에 석사는 외국에서 했고(버클리처럼 한국에 거미줄 같은 인맥을 갖고 있는 학교도 아닌 런던의 아는 사람만 아는 예술학교에서) 거기에 비사교적인 성격까지 더해져 인맥이 결코 넓지 않았지만, 어릴 때부터 예술계 쪽을 기웃댔던 터라 명함은 내밀어 볼 만한 사람들이 주변에 몇 있었다.

대학원 과정이 끝날 무렵부터 나는 한국에 돌아가서 바로 써먹을 수 있는 포트폴리오를 정리하는 데 몰두했다. 그동안 만들었던 작품들을 정리해 온라인 플랫폼에 업로드하고 내 소개와 작업물을 담은 웹사이트도 직접 만들었다. 영국인들은 우리나라의 '중고나라'와 비슷한 '크레이 그리스트craigslist'라는 웹사이트를 이용하는데 한 영상 제작자가 사운드 디자인으로 협업할 사람을 찾는다는 구인 글을 올렸길래 얼른 이메일을 보냈다. 그 인연을 계기로 우리는 온라인상에서 몇 년 동안 재미있는 작업을 꽤 많이 함께했다.

그 외에도 만나는 사람마다 사운드 디자인할 일이 있으면, 또는 그와 비슷한 어떤 일이라도 있으면 무조건 나에게 맡기라고 습관처럼 말하고 다녔다. 그때 나의 태도와 자세는 비굴함이나 오만함이 아닌 '어떤 일을 맡겨도 나보다 잘할 사람은 없을걸?'이라는 오묘한 자신감으로 사람들의 호기심을 불러일으켰다고 말할 수 있겠다. 무슨 근거로 그리 당당했는지 알 수 없지만 누가 무슨 일을 줘도 다 할 수 있을 것 같았다. 그때 나의 열정이라면 예술과 관련이 전혀 없는 완전히 다른 분야로 지금 전향해도 거뜬히 살아남을 수 있을 것 같다.

한국으로 돌아갈 날이 몇 달 남지 않았을 무렵, 한국에서 공연을 하다 알게 된 지인이 영국을 방문했다. 이런저런 이야기를 하다가 한국에서 공연 연출을 하고 있는 그분에게 음악 작업 할 일이 있으면 무조건 나한테 맡기라고 수차례 강조했다. 당시에는 언젠가 일로 연관이 될 법한 사람을 만나기만 하면 일단 포트폴리오를 뿌리고 일이 있으면 나를 떠올리라고 세뇌하다시피 했다. 나의 세뇌 작전이 효과가 있었는지 그 연출가 지인은 내가 한국으로 돌아오자마자 공연 음악감독을 맡겼다. 경험도 별로 없는 스물일곱 살 초짜 작곡가에게 그렇게 큰 무용 공연의 음악감독을 맡기다니 지금 생각해 보면 나보다 그분의 배짱이 더 좋았던 듯하다.

열정이 정수리 바깥으로 튀어나올 정도로 넘치던 시절이었기에 나는 극장에 살다시피 하며 이걸 요청하면 이~만큼 데모를 보내고 저걸 요청하면 저~만큼 데모를 만들어 보냈다. 가상악기로 해도 충분할 소리를 굳이 어쿠스틱 악기를 직접 녹음해 샘플링하고 그걸 다듬어 가상악기로 전환시키는 수고도 마다 않으며 '나는 할 수 있다!'를 몸소 보였다. 그 뜨거운 열정은 쇠하는 육체와 함께 힘이 많이 빠졌지만 연출가와 안무가에게 큰 인상을 남겼나 보다. 이때 맺은 인연이 계속되어 함께 공연을 한 지 9년 차에 접어들고 있으니 나의 작전이 들어맞았다는 것이 증명되었다.

엄마 아빠는 대학원을 졸업하자마자 음악감독을 맡은

내가 어찌나 자랑스러웠는지 동네방네 자랑을 하고 다녔다. 공연을 준비하며 세 달간 하루 거의 열 시간씩 매달린 시간과 맞바꾼 금액을 알게 되기 전까지는. 한 시간짜리 공연음악을 작곡하고 받게 될 페이를 들었을 때 나도 적잖이 놀랐다.

정부나 어떤 기관에서 지원을 받지 않는 이상 공연계 페이는 크게 기대하지 않는 게 좋다. 훗날 한국에서 현대무용 공연음악을 작곡하던 외국인 친구에게 고민을 털어놓고 내가 받는 페이를 말했더니 진심으로 당황하며 "너, 너무 많은데……?"라고 해서 나도 덩달아 당황했다. 내가 음악으로 로또에 당첨된 것처럼 집안을 한순간에 일으킬 거라 잔뜩 기대하고 있는 부모님에게 액수를 말하기까지 몇 날 며칠을 고민하고 미뤘다.

안정적으로 돈을 벌 수 있는 영어 강의 자리도 마다하고 몇 달간 음악에만 매달렸는데 도저히 수지가 맞지 않아 잠시 머리를 감싸고 암담한 미래를 그려보기도 했다. 그래도 이 나이에 이런 공연음악을 맡은 게 얼마나 훌륭한 발전이며 좋은 기회인지 되뇌며 스스로 힘을 냈다. 이때 두려움에 도망가 버렸다면 이후 있을 수많은 기쁨과 환희, 고통과 스트레스가 뒤범벅된 소중한 경험을 놓쳤을 것이다.

20대 후반, 그렇게 나는 마르지 않는 열정으로 사방에 내 이름과 음악을 뿌리고 다녔다. 협업하고 싶은 아티스트들이 있으면 이메일도 보내보고, 이곳저곳에 이력서와 포트폴리오 링크를 올려놓고, 국내외 사운드 디자인 회사에 이력서를 보내기도 했다. 몇 군데 회사에서 답변이 오긴 했는데, 막상 출퇴근 시간도 들쭉날쭉하고 낮밤이 시도 때도 없이 바뀌는 환경에서 일할 생각을 하니 두려워서 물러나긴 했지만 참 열심히 이곳저곳에 나라는 사람을 알리고 다녔다.

한 번 직업인으로 음악계에 발을 들여놓고 신고식을 치르고 나니 페이도 나에겐 별로 중요하지 않았다. 영어 강의와 번역으로 생활비를 벌고 음악 작업은 거의 봉사 수준으로 제공해 포트폴리오와 경력을 쌓았다. 박리다매의 원칙을 따랐다. 지금은 그렇게까지 할 힘이 없을뿐더러 그때에 비해 주어지는 다른 일들이 너무나 많아서 그렇게 하지 않아도 되게 되었으니 얼마나 감사한지 모르겠다. 어떻게 그리 열심히 발로 뛰어다닐 수 있었나 싶다. 그건 모두에게 하나씩은 있는 '나 때'이기 때문이다. 모두가 자신의 때엔 지금 시대 젊은이들보다 훨씬 간절했고 최선을 다했고 고생도 많이 했다고 생각한다. 맞는 말이기도 하고 틀린 말이기도 하다. 시대가 무섭도록 빠른 속도로 변하며 산업의 전반적인 구조와 계층, 직업윤리도 함께 변했기 때문이다.

지금은 발로 뛰지 않아도 되는 시대이다. 모든 것이 온라인상에서 해결된다. 셀프 홍보도 소셜 미디어에서 끝낼 수 있고 인스타그램 팔로워 수가 경력과 실력을 대신하는 시대다. 사진과 짧은 영상으로 나라는 사람을 드러낼 수 있기에 능력은 과장하고 한계는 축소한다. 언택트 시대는 곧 무한한 자신감의 시대이기도 하다. 학연, 지연이 아닌 유튜브와 인스타로 작품을 홍보하고 비즈니스를 한다.

이 새로운 패러다임에 언제쯤 완벽하게 적응할 수 있을지 아직도 모르겠다. 매년 새롭게 등장하는 플랫폼을 신속히 따라가기엔 내 몸이 너무 무겁다. 겨우 따라간다 한들 적응하기도 전에 또 새로운 매체가 그 자리를 꿰찰 것이다. 정신을 차릴 수 없는 지금보다 차라리 예전이 나은 것 같기도 하고 아닌 것 같기도 하고 무엇이 맞는 건지 잘 모르겠다.

나도 한번 MZ세대 스타일(MZ가 무엇의 약자인지는 모르겠지만)로 소셜 미디어 홍보를 해볼까 생각하다가도,

예쁘고 멋있는 사진과 동영상을 연이어 찍어 올리고 요즘 트렌드를 반영하는 해시태그를 달고 다른 사람들과도 소통하려고 하니 시작도 하기 전에 지친다. 발 빠르게 움직여 새로운 모험을 감행하기보단 익숙한 방바닥에 뜨끈하게 등 붙이고 있는 게 더 좋은 나는 오늘도 직접 발로 뛰던 '나 때'를 그리워한다.

이력서가 된 맥북

컴퓨터가 나의 동업자라 말한 바 있다. 나는 쇼핑을 하러 갈 때에도 잠깐이나마 시간이 날 때를 대비해 맥북을 항상 들고 다녔다(지금은 이런 어리석은 짓은 하지 않는다). 백팩 안에 언제 어디서든 일할 수 있는 환경을 구축했던 것이다. 그만큼 맥북과 나는 한시도 떨어질 수 없는 존재였다. 신용카드가 없던 대학생 시절, 아빠 카드로 구입해 매달 20만 원씩 갚았던 맥북 흰둥이가 나의 첫 번째 동업자였다. 그런데 그 흰둥이가 런던에서 학위를 마치고 한국으로 돌아올 때쯤 명을 다했다.

2013년 2월 1일, 히드로 공항, 암스테르담 공항, 또 기억도 나지 않는 공항 두 군데를 거쳐 인천공항에 도착했다. 런던부터 인천까지, 내 생애 그렇게 경유를 많이 하는 건 앞으로도 없을 거다. 나도 내가 왜 그런 여정을 선택했는지 모르겠다. 당연히 몇 만 원이라도 더 아끼려는 마음이었겠지만 시간이 돈보다 귀하다는 걸 20대에 절대 알 리가 없다. 열한 시간이면 오는 여정이 돌고 돌아 서른 시간이 넘게 걸렸는데 어쩌면 한국에 몇 시간이라도 더 늦게 입국하고 싶었던 마음이었을지도 모른다(그렇게 나의 어리석은 선택을 합리화해 본다).

히드로 공항에서, 지금은 웃기지만 당시에는 슬프면서도 아슬아슬했던 일이 있었다. 1년 4개월간의 타국 생활을 마치고 돌아오려니 짐이 너무 많았다. 일단 부피가 큰 것들은 모두 두고 와야 했는데 포기해야 했던 수많은 물건 중 가장 눈에 밟혔던 두 가지가 있다. 기타와 셜록 홈즈 책이었다. 한국에서부터 가져간 기타는 대학생 때 밴드와 공연 활동을 하며 줄기차게 썼던 하얀색 어쿠스틱 기타인데 결국 짐 목록에서 빼야 했을 때는 손가락이라도 자르고 오는 기분이었다.

두 번째는 《The Adventures of Sherlock Holmes(셜록 홈즈의 모험)》라는 원서였는데 침대에 누워서 읽고 지하철 안에서도 읽고 길을 걸으면서도 읽던 소중한 책이었다. 별로 크지도 않은 이 책을 나는 꽉 차서 터지기 직전인 캐리어에서 결국 빼야 했다. 그렇게까지 짐을 정리했지만 수하물로 부치는 짐 외에도 내 손에는 캐리어가 세 개, 백팩 한 개, 어깨에 메는 가방 한 개가 있었다. 검색대에서 제지당할 게 뻔한데 대체 무슨 깡으로 이 짐들을 다 갖고 공항에 갔는지 모르겠다. 바로 전날까지도 어떻게 하면 돌아가지 않고 런던에 남을 수 있을지 머리를 굴렸기에 정신이 없어 그런 부분은 아예 신경도 쓰지 못한 것 같다.

공항에 도착해 제일 먼저 출국 게이트를 통과해야 하는데 원래 일반적으로는 여기에서부터 제지당해야 한다. 그런데 직원이 내가 불쌍해 보였는지, 신기해 보였는지, 아니면 직무 태만이었는지 온몸이 짐으로 뒤덮인 나를 쓱 훑어보더니 들어가라고 손짓했다. 그래서 나도 내가 초과되는 짐을 갖고 왔다는 사실을 인지하지 못한 채 검색대도 무사히 통과하고(검색대는 또 어떻게 통과했는지 모르겠다) 그 많은 짐을 양손 가득 들고 무사태평하게 면세 코너를 구경했다. 물건은 한 개도 사지 않았는데 시간이 왜 그리 빨리 갔는지, 혹시 몰라 손목시계를 확인해 본 나는 하마터면 그 자리에 주저앉을 뻔했다. 이미 탑승 시간이 지나 있었다!

그때부터 약 10분간 영화를 방불케 하는 질주가 이어졌다. 캐리어가 한쪽으로 날아가고 다리가 꼬이고 크로스백이 목 뒤로 넘어가도록 달렸다. 저 멀리 게이트가 보였고 간절하게 나에게 조금 더 힘내라고 손짓하는 승무원이 보였다. 조금만 더, 조금만 더…….

다리가 후들거리고 목소리도 나오지 않을 정도로 숨이 차는 상태로 게이트 앞에 도착했다. 승무원은 내가 마지막 승객이라며 날 재촉했는데 그의 두 눈이 휘둥그레 나의 캐리어 세 개에 멈췄다.

"대체 이걸 들고 여기까지 어떻게 온 거지? 아무도 막은 사람이 없었어요?"

나는 끄덕끄덕으로 대답을 대신했고 그는 캐리어 두 개는 수하물로 부쳐야 하는데 그러면 돈이 이~만큼 부과될 거라고 아주 빠른 속도로 설명했다. 내 수중에는 당연히 없는 돈이었다. 나는 얼이 빠져서 대답도 하지 못한 채 들고 있기만 했다. 그는 아까보다 더 빠른 속도로 이어서 "그러려면 일단 캐리어를 나에게 주고 이 서류를 작성하고……"라고 설명하다가 초조한 목소리로 "아니, 지금 그럴 시간이 없어! 그냥 빨리 타기나 해요!"라며 나를 다그쳤다. 나는 땡큐 땡큐를 외치며 비행기에 올라탔다. 승객들의 눈이 모두 나에게로 향했다.

미안한 마음을 품을 새도 없이 짐을 겨우 싣고 좌석에 앉아서야 숨을 돌릴 수 있었다. 그렇게 나는 어차피 낼 수 없었던 돈을 아낄 수 있었다. 바로 다음 경유지였던 암스테르담에서도 비행기가 예정보다 공항에 늦게 도착하는 바람에 내리자마자 나를 포함한 몇 명이 또 전력질주를 했다. 한국으로 오는 하루 조금 더 되는 길에 2킬로그램은 빠진 것 같다. 그렇게 생고생을 하고 한국에 돌아왔으니 몰골이 말이 아니었다. 돈도 없었고 에너지도 없었다.

이런 상황에서 휜둥이가 명을 다한 것이다. 그렇다. 여태까지 이 긴 여정을 구구절절 늘어놓은 이유는 당시 나의 상황을 극대화하기 위해서였다. 주머니는 비었고 매달린 짐은 많았던 곤고했던 나의 상황을. 그런데 귀국하자마자 당장 공연음악을 맡았으니 컴퓨터가 필요했다. 수입도 없고 신용카드도 없는 이제 갓 입국한 백수가 어떻게 컴퓨터를 살 수 있단 말인가.

혼자 끙끙 고민하다가 가족에게 상황을 털어놨다. 아빠는 바로 "무조건 제일 성능 좋은, 제일 비싼 걸로 사야지.

당장 사!"라고 했다. 아빠는 이럴 땐 참 통이 크다. 돈을 보태주진 않지만 말로는 그 누구보다 힘을 잘 보태준다. 그래, 제일 비싼 고사양으로 사자. 그리고 10년 동안 쓰면 되지. 굳게 마음을 먹고 아빠 카드로(물론 갚는 건 나) 무려 340만 원짜리 맥북 레티나 15인치 모델을 손에 넣었다. 태어나서 사본 물건 중 제일 비싼 제품이었는데 신기하게도 불안하거나 걱정은 되지 않았다. 투자한 것보다 열 배, 백 배로 벌면 된다는 생각이었다.

그렇게 내 삶에 들어온 새 맥북은 2013년부터 2021년까지 나와 셀 수 없이 많은 공연과 해외로의 출장 및 여행을 함께하며 나의 동반자이자 이력서가 되었다. 나의 모든 자료와 작업물이 그 안에 가득 담겨 있었다. 맥북의 품 안에 은빛 달 하나만 덩그러니 떠 있는 한밤중의 파도를 담아 왔고, 나무까지 몽땅 부러뜨릴 기세의 폭풍을 담아 왔다. 빗소리, 목소리, 숨소리 등 온갖 소리가 다 내 맥북 안에 있었다. 수백 개의 습작 및 작품을 함께 만들었고 강의할 때 옆에서 조수 역할도 해줬다. 작은 클럽에서 하는 라이브 공연에서부터 대극장 무대에도 올라갔으며, 나만 알고 있는 나의 고백이자 독백인 노래들을 담으며 눈물의 나날을 함께 보냈다.

언제나 내 등짝에 꼭 달라붙어 있어 업고 다니는 것 같았던 맥북은 비 오는 날 아스팔트 바닥에 떨어지기도 하고 백팩 지퍼를 열고 걷다가 바닥에 곤두박질치거나 커피를 뒤집어쓰기도 했지만 망가지지 않고 강인하게 버텨주었다. 끈질긴 맥북의 수명에 비해 연약했던 충전기는 무려 세 번이나 새로운 아이들로 갈아치워졌다.

런던에서 한국으로 돌아온 인생의 전환점에서 나와 만나 8년을 채우고 9년 차에 접어들던 무렵, 몇 번 말썽을 부렸지만 그래도 건강하던 맥북은 작별 인사를 할 시간도 없이 어느 날 픽 하고 쓰러졌다. 마지막까지 남은 힘을 모두 짜내 나를 도와주고 조용히 떠났다. 그렇게까지 오랜 시간 내 곁을 함께한 전자제품은 여태 없었다. 고맙고 짠한 마음과 혹사시킨 것 같아 미안한 마음이 동시에 들었다. 애도할 시간도 없이 일 때문에 바로 새로운 맥북을 사야만 했다.

구 맥북을 보내줌과 함께 과거의 이력을 깨끗하게 정리하고 새로운 마음으로 그 자리를 대신한 새 친구와 함께 또 다른 전환점을 맞았다. 아직도 친해지고 있는 단계인 새 친구에게도 나의 기억과 이력이 차곡차곡 쌓일 것이다. 온갖 고초를 겪었던 구 맥북처럼, 산 지 한 달밖에 되지 않았는데 언제 그랬는지 모르게 스크린 아랫부분이 벌써 조금 깨졌다. 원인은 알 수 없지만 뼈아픈 신고식을 한 번 치렀으니 이제 튼튼하게, 오래오래 살 일만 남았다. 우리는 오래도록 함께 여행할 것이다.

대중성이 뭐길래

한창 음악에 빠져 있던 대학생 시절, 나는 걸으면서도 곡을 썼고 눈을 뜬 순간부터 잠들기 직전까지 새로운 곡에 대한 생각으로 정신이 나가 있었다. 그렇게 열심히 했건만 상업적이고 대중적인 음악에 빠진 이 세대는 나의 음악을 이해해 주지 못했다(고, 이렇게 나 자신을 달랬다).

공연을 보러 왔던 친한 친구 한 명이 무표정한 얼굴로 "난 네 공연을 봐도 아무런 느낌이 없어"라고 말했던 순간은 겉으론 아무렇지 않은 척, 신경 안 쓰는 척했지만 큰 상처로 남았다(그래서 10년이 지난 지금까지도 기억해서 책에까지 쓰나보다). 차라리 장난처럼 "이해는 못하겠지만 그래도 신기한 경험이었어!"라고 했으면 오히려 긍정적인 피드백이 되었을 텐데 당시 내 속은 그런 이야기를 관대하게 받아들이기엔 너무 좁았고 자존심은 질겼다.

속 좁은 걸 증명하듯 나는 내 음악에 회의적이지만 건설적일 수 있는 반응을 제외한, 단지 취향이 아니라는 이유만으로 부정적인 반응을 보이는 사람들과는 자연스레 거리가 멀어졌다. 그렇게 점차 폐쇄적인 사람이 되어가던 중 도망치고 싶은 상황과 타이밍이 딱 맞아떨어지며 런던이라는 세계가 눈에 들어왔다. 유명하고 멋있는 뮤지션들은 죄다 영국 출신이었고 길에서 마주치는 모든 사람이 예술가일 것 같았다. 그들은 내 음악을 알아줄 것 같았다. 그렇게 나는 런던으로 떠났다.

런던에 대한 내 기대는 정확히 맞아떨어졌다. 만나는 사람마다 시인이고 뮤지션이며 배우였다. 도시 전체가 중2병보다 심한 예술가 병을 앓고 있었다. 영국의 예술은 전 세계 최고 수준이지만 예술이 도처에 넘쳐나는 만큼 예술계 진입 장벽이 너무 낮아 너도 나도 예술가가 될 수 있었다. 때문에 군이 말이나 글로 해도 되는 걸 꼭 옷을 다 벗고 잔디밭에 웅크리고 앉아 몸으로 표현해야 한다는 강박에 쉽게 빠질 위험성이 숨어 있는 곳이다. 사람들은 자신의 실력이 하찮아도 전혀 개의치 않고 무아지경에 빠져 어떻게든 예술이라는 수단을 통해 자신을 드러내고 표현하려 했다. 감정을 꽁꽁 감추고 최대한 개성을 숨기려는 한국과는 정반대였다. 그리고 그 정반대의 감성을 가진 그곳에서 나는 한국에서 받던 평과 역시나 정반대되는 평을 들었다.

사람들이 내 음악을 이해하지 못한다는 게 런던으로 도망간 큰 이유였다. 사람들이 이해하지 못하면 이해할 수 있게 만들면 됐는데 내가 제일 못하는 게 바로 그거였다. 남에게 나를 이해시키는 것. 그래서 무책임하게 도피해버렸는데 런던에 가서 태어나서 처음으로 내가 만든 작품이 '대중적'이라는 피드백을 들은 것이다.

대학원 수업 시간에 각자 작업해 온 작품을 발표하는 시간이 있었는데 내 음악이 재생되는 내내 교수님과 학생들의 표정에 뭔가 놀란 듯한 감정이 스쳤다. 고개를 갸우뚱하기도 하고 미간이 살짝 찌푸려지기도 했다. 내가 뭘 잘못했나, 너무 못했나 하는 생각들이 뒤엉켜 좌불안석이었다.

음악이 끝나고 돌아가면서 소감을 말하는데 한 학생이 내 작품을 "popular(대중적)"라고 묘사했고 모두들 맞다고 맞장구를 쳤다. 조성도 없고 선율도 없는 쇤베르크의 12음 기법에 익숙한 이곳 학생들에게는 상대적으로 화성과 선율이 명확하게 드러나는 내 음악이 대중적이었던 것이다. 그리고 내 작품에서 드러나는 대중성이 매우 신선하다고 말했다. 달라도 이렇게 다를 수가. '대중적=신선함'은, '대중적=진부함'으로 통하던 나의 인식과는 정반대되는 공식이었다. 내가 다니던 학교가 실험적이고 전위적인 예술로 유명한 학교여서 그런 것도 있었지만 나에겐 꽤 충격적인 피드백이었다.

하지만 역시 예술가 병을 앓고 있던 나는 대중적이라는 피드백이 왠지 싫었다. 그래서 모순적이게도 그때부터 다시 내 음악에서 대중성을 빼려고 노력했다. 실험적이고 전위적인 스타일을 표방하기 위한 각고의 노력 끝에 자존심 세고 어깨에 힘 팍 들어간 음악 스타일을 장착하고 한국으로 돌아왔다. 그리고 얼마 지나지 않아 내 맘 내키는 대로 취향을 고수하면서 남의 돈 받기는 쉽지 않다는 사실을 뼈저리게 깨달았다.

개인 작업이 아닌 일로서의 사운드 디자인을 시작하니 열에 아홉이 '조금 더 대중적이게' 해달라고 요청했다. 이 때부터 조금씩 헷갈리기 시작했지만 어찌할 도리가 없으니 다시 대중성을 입히려 노력했다. 너무 왔다 갔다 해서 나만의 "스타일"(미국 사람들이 자주 하는 허공에 만드는 인용 부호를 여기에 꼭 쓰고 싶다)은 산으로 가버렸고 대중적인 게 대체 뭔지 그 기준도 모호해서 갈피를 잡지 못하고 헤맸다. 어느 장단에 맞춰야 할지 알 수가 없었다.

맡은 작업은 완료해야 하니 일단 상대적으로 적은 스트레스와 원활한 소통을 위해 클라이언트들의 요청을 최대한 들어주려 노력했다. 이렇게 해달라고 하면 이렇게 하고 저렇게 해달라고 하면 저렇게 하다 보니, 계속 이런 식으로 가다가는 나 자신을 잃을 것 같았다(나 자신을 잃는 게 대체 뭐길래). 그래서 다시 한번 은근슬쩍 나만의 예술적 아이덴티티가 드러나는 소리와 스타일을 집어넣으려 시도했다. 그런 시도가 반복되면서 습관과 고집이 점점 더 굳어졌다. 사운드 디자인은 사운드가 필요한 다른 대상을 돋보이게 해야 한다는 사실을 망각한 채 말이다.

나는 의뢰받은 일과 개인 작업의 분계선을 구분하지 못해 내 시간뿐 아닌 상대방의 소중한 시간과 에너지를 방대하게 낭비했다. 업자를 불러 화장실 바닥에 타일을 깔아달라고 했더니 진흙으로 도자기를 빚듯 하나하나 정성 들여 타일을 직접 만들고 있는 꼴이었다. 육안으로 티도 안 나는데 모양이나 질감을 약간씩 달리해 개성과 디테일까지 더하려 한다. 말릴 수도 없고 일단은 지켜볼 수밖에 없다. 클라이언트의 입장에서는 튼튼하고 실용적이며 합리적인 가격의 타일을 빈틈없이 매끄럽게 붙여주는 걸 바랄 뿐이지 예술혼이 듬뿍 담긴 작품을 원하는 게 아니다. 이런 사운드 디자인을 원하는 프로젝트도 물론 있지만 지급되는 비용 및 성격 자체가 다르다.

오래전, 짧은 영상에 역동적이고 과장된 사운드를 입혀야 할 일이 있었다. 클라이언트는 참고하라며 샘플 영상을 보내주었고 최대한 비슷한 느낌으로, 거의 똑같이 해도 된다고 요청했다. 이래 봬도 나는 예술가인데 어떻게 남의 것을 베낄 수 있는가. 자존심상 그렇게 할 수 없었다.

참고 영상을 참고하는 척만 하고 나만의 사운드를 입히기 시작했다. 약 30초짜리 영상에 들어갈 음악이 거의 완성되는 동안 나는 황홀한 도취감에 빠져들었다. '와, 대단해. 역시 난 아티스트야.' 만족감에 젖어 위풍당당하게 데모를 전달했는데 클라이언트의 반응이 너무 의외였다. 멋지다, 훌륭하다, 천재다, 라는 말을 기대했는데 칭찬의 말은 단 한 마디도 없이 참고하라고 보내준 음악과 너무 다르고 영상과 어울리지 않으니 다시 해달라는 답이 돌아왔다.

그때라도 숙이고 들어갔으면 돈이라도 벌 수 있었을 텐데 나는 그러지 못했다. 이런저런 핑계를 대며 왜 그렇게 할 수 없는지, 나는 작곡가이지 남의 작업 카피하는 사람이 아니라는 둥 자존심 세우는 변명만 하다가 소통은 막다른 길에 다다랐다. 결국 프로젝트는 다른 사람에게 넘어갔다. 당연한 결과였지만 아직 경험 부족한 신참이었던 나는 큰 상처를 입었다. 다시는 다른 사람이 의뢰하는 소리는 다루지 않겠다고, 내 마음대로 내 음악만 만들 거라고 다짐했다. 그리고 그 다짐은 학자금 대출 상환일이 다가오자마자 바로 꺾였다.

이후에도 이런 일들을 수없이 겪으며 조금씩, 아주 조금씩 예술가에서 직업인의 옷을 입었다. 다행히 시간이 지날수록 내 스타일을 인정해 주고 좋아해 주는 작업을 맡게 되어 자존심을 약간 회복했지만 그래도 경계선을 잘 지키려 매번 주의해야 한다. 내 입맛에 맞게 마음껏 작업하고 돈을 못 받으니 그들이 원하는 대로 맞춰주고 돈을 받는 게 어떻게 보면, 단기적이긴 해도 자존심을 더 세우는 일이지 않을까? 내 마음대로 하고 돈을 왕창 받는 게 최고겠지만 그날은 아직 오지 않았으니.

일과 작업 사이에서 딜레마에 빠질 때마다 유학 전후에 겪었던 대중성과의 밀당이 많은 도움이 된다. '널 원하면서 원하지 않아'라는 말을 마음 상하지 않게 전달해야 하고 '네가 필요하긴 하지만 없어도 괜찮아'라는 말 역시 간간이 해줘야 한다. 그렇게 건강한 관계를 잘 구축해야 내가 끌려 다니지 않을 수 있다. 뻔한 사운드를 뻔하지 않게 만드는 것. 바로 그게 대중성과의 밀당이 아닌가 싶다.

한 가지 이상한 점은, 고등학생 때 클래식 작곡에서 재즈 피아노로 전공을 바꾼 이유가 당시 날 가르치시던 클래식 선생님이 내가 써 간 곡을 들을 때마다 너무 대중음악 같다고 지적했기 때문이었다. 계속 대중적이라고 하니 고전적인 음악 말고 조금이라도 대중적인 음악을 하는 게 옳은 선택 같았다. 그래서 재즈와 실용음악 쪽으로 방향을 틀어 곡을 쓰기 시작했는데 그렇게 하고 나서부터는 난해하고 어렵다는 평을 들었다. 그래서 런던에 갔더니 대중적이라고 한다. 한국에 다시 오니 내 음악이 난해하고 우울하단다.

난 아직도 갈팡질팡하고 있다. 어느 길로 가야 할지 알려주는 정확한 이정표가 있으면 좋겠지만 그런 건 없다.

나의 선택과 노력, 실력만이 나라는 사람을 증명해 줄 뿐이다.

대중성! 네가 뭔지 아직도 모르겠지만 이제는 나 좀 도와주고 나와 사이좋게 지내면 안 되겠니. 우리 둘이 힘을 합치면 돈 좀 벌 수 있을 텐데 말야.

돈 주는 자와 돈 받는 자

'아직 돈이 안 들어왔는데 확인해 주시겠어요?'

너무 딱딱하다.

'두 달 전 완료한 작업비가 아직 입금되지 않았는데...'

너무 비굴하다.

'아직 입금이 되지 않았는데 확인 부탁드립니다 :)'

간사하다.

몇 번이나 글자를 썼다 지웠다, 어떻게 해야 쿨해 보이면서 동시에 공손해 보일지 수정을 거듭하다 겨우 전송 버튼을 누른다. 이런 문자를 보낼 때 맘 편할 사람이 몇이나 될까. 이렇게 보내면 주로 답변으로 '다음 주 중으로 입금될 예정입니다'라는 문자가 오고 다음 주가 아무 소식 없이 흘러간다. 그다음 주에 문자를 또 보내야 하는지 아니면 마냥 기다려야 하는지 또 한 번 딜레마에 빠진다.

최종 파일 납기 후 입금까지 걸린 최장 기간은 6개월이다. 그땐 돈이 매우 궁했던 시절인지라 6개월이 6년처럼 느껴졌다. 이런 경우에는 거듭 물어보기도 민망해서 하염없이 기다리다 심지어 잊어버리기까지 한다. 잊고 살다가 갑자기 통장에 찍힌 숫자가 늘어나서 확인해 보고 그제야 생각난 적도 여러 번 있다. 내가 일한 보수가 내 통장에 안착하기까지 수많은 사람들의 결재를 거치고 거쳐야 한다는 사실이 이제는 워낙 익숙해서 한두 달 정도는 거뜬히 기다릴 수 있지만, 언제 들어올지 모르는 보수를 초연한 마음으로 기다리기란 쉽지 않은 일이다.

돈을 받고 일한다는 건 돈을 주는 사람과 원만한 관계를 유지하는 것을 뜻하기도 한다. 원만한 관계를 유지하려면 요구하는 바를 잘 들어주고, 어느 정도 비위도 맞춰주고, 업무 외적 공감대도 형성해야 한다. 회사 생활이 아무리 치사하고 멋없어도 붙어 있는 이유는 돈을 주기 때문이다. 그런데 이상하게도 나를 포함한 많은 사람들이 돈 주는 쪽을 야비하고 이기적인 괴물로 본다. 얼마나 시달렸으면 그렇게 생각할까 이해가 가기도 하지만, 바꿔 생각해 보면 돈을 주는 행위는 매우 쿨하고 관대한 제스 처이다. 그만큼 내 노동을 제공하지만 서로의 이해관계에 따라 유지되는 관계로, 어느 한쪽을 두둔하거나 비난할 수 없는 이유는 전자와 후자가 상호 보완적인 관계이기 때문이다. 그러나 팍팍한 현실은 이런 건설적이고 유익한 인연마저도 살얼음판을 걷는 눈치 싸움의 장으로 만든다.

이렇게 오묘한 긴장이 끊이지 않는 관계에 예술이 끼어 든다고 생각해 보면 아찔하다. 다니는 회사에서 생산하는 냉장고에 대한 자부심이 너무 커 벅차오르는 마음으로 전 자제품 회사를 다니는 사람은 거의 없다. 있다면 회사에 서 장려금이라도 줘야 한다. 주로 그 일이 잘 맞고 잘할 수 있는 일이며 적당한 보수가 따라오기에 그 직업을 가 진 것이지 혼을 갈아 넣을 열정 때문이 아니다.

사운드 디자이너는 상황이 조금 다르다. 대다수는 음악 과 음향에 대한 분출하는 자부심을 갖고 일을 시작한 사 람들이다. 그들에게 사운드는 보존하고 지켜야 할 신성한 영역이자 실험을 통해 재창조할 대상이다. 그런데 누군가 가 돈을 줄 테니 자신이 원하는 대로 사운드를 만져달라 고 한다. 투철한 직업의식을 갖고 이 분야에 뛰어들지 않은 이상 익숙해지기 전까지 작업 과정이 삐걱대기 쉽다.

클라이언트의 요구가 곧 자신이 원하는 사운드일 때도 있다. 정말 운이 좋은 경우다. 하지만 데모를 보낼 때마다 '음…… 혹시 다른 버전은 없나요?'라는 대답이 돌아오면 김이 빠진다. 심혈을 기울여 데모를 만들었는데 이런 반응이 몇 번 오가고 나면 투자한 시간이 점점 아까워지고 노력이 수포로 돌아간 기분이 든다. 그러다 보니 데모나 샘플을 조금 덜 완성도 있게 만들어 보낸다. 그러면 또 문제가 생긴다.

'러프한 샘플인 것 감안하고 들어주세요'라고 메모를 첨부해도 '이거보다 좀 더 다이내믹한 버전은 없나요?', '좀 더 완성해서 보내주시겠어요?'라는 피드백이 온다. 다시 책상에 앉아 수 시간을 투자해 훨씬 더 완성도를 높여서 보내면 '이게 아닌데…… 다른 분위기는 없나요?'라는 답이 오고, 작업 파일은 나의 시간과 노력과 자존심을 끌어안고 깜깜한 외장하드 속으로 처박힌다. 그리고 처음부터의 과정이 반복된다. 이 과정에 익숙해져야 한다. 계속하다 보면 적당히 요령도 생기고 피드백에 어떤 식으로 대처해야 하는지도 알게 된다. 무조건적으로 예, 예, 하는 게 아니라 최대한 맞추는 선에서 안 되는 부분은 안 된다고 솔직하면서도 공손하게 말할 수 있어야 한다.

한 부분을 바꾸는 데에 얼마만큼의 시간과 노력이 소요되는지 사람들은 알지 못한다. 대략 감으로 알 뿐이다. 예를 들어 보컬이 들어가는 곡이라고 했을 때 녹음을 다 끝냈는데 클라이언트가 갑자기 2절 가사 중 두 글자만 바꿔달라고 한다. 이럴 때 정말 당황스럽다. 이제 와서 그렇게 하는 건 좀 힘들다고 말하면 "두 글자인데 금방 하지 않아요?"라고 말하는 사람들이 가끔 있다. 글자 두 개를 바꾸는 게 글자를 타이핑하듯 썼다 지우고 새로 쓸 수 있는 간단한 일이 아니다.

사람의 음성은 거의 무한해 보이는 곡선으로 연결되는 파형으로 이루어져 있다. 중간에 뚝 자르면 당연히 노이즈가 생기고, 노이즈는 어떻게 해결한다 해도 연결 부분이 어색해질 수밖에 없다. 목소리를 따라오는 숨소리와 단어와 단어를 잇는 연음, 녹음할 때 보컬의 목 상태와 컨디션에 따라 바뀌는 음색까지 모두 고려해야 한다. 설령 이 모든 사항을 고려해 다시 녹음을 했다 해도 다시 음정 하나하나의 튠을 잡아주고, 마지막으로 음원으로 추출하기 전에 혹시 어긋난 부분은 없는지 처음부터 들어봐야 한다. 추출 후에도 한 번 더 문제가 없는지 확인해야 한다. 결코 '글자 두 개'만 바꾸는 간단한 작업이 아니다.

　중간에 몇 초를 빼거나 추가하는 것도 비슷한 경우다. 음악은 1분에 들어가는 음표의 개수에 따라 bpm이 달라지고 그 안은 또 음표가 4개씩 묶인 마디로 이루어져 있다. 수정 요청으로 '대략' 20초를 빼달라고 하면 언제든 오케이다. 음악적인 흐름에 맞게 마디 수를 바꾸면 18초가 될 수도 있고 24초가 될 수도 있으니. 그런데 영상 음악에서처럼 정확하게 딱 맞춰 20초를 빼야 하는 상황이라면 세세하고 정밀한 수정이 필요하다. 마디들은 서로 화성으로 연결되기 때문에 음악적으로 구조가 틀어지지 않게 길이를 빼거나 추가하려면 bpm을 조금씩 다 수정하거나 앞뒤로 연결되는 화성을 바꿔서 레고 맞추듯 맞춰야 한다.

　이런 이유 때문에 음악 전문가가 아닌 클라이언트의 요구 사항을 들어줘야 할 때 간혹 난감한 경우가 있다. 예를 들어 '템포는 그대로 유지하되 리듬을 좀 더 땡겨주세요'라거나 '기계적인 소리 말고 좀 샤~한 사운드 없나요?' 같은 피드백이 왔을 때 이게 대체 무슨 말인지 툴툴대면서 이렇게도 해보고 저렇게도 수정해 본다. 예전에 어떤 분이 뒤쪽에서 들리는 '삐 소리'를 없애달라고 재차 요청

했는데 아무리 들어도 내 귀엔 들리지 않아 애를 먹은 적
도 있다. 그런데 이런저런 피드백을 받고 소리를 다듬다
보면 점차 불평하던 내 모습이 부끄러워지는 일이 생긴
다. 그들의 피드백을 따랐을 때 결과물이 한 단계 업그레
이드되기 때문이다.

음악을 이론적으로 알지 못하는 사람들이 음악을 듣는
관점과 음악에 접근하는 방식은 음악을 배운 사람들과 완
전히 다르다. 전자는 오히려 후자가 듣지 못한 부분들을
빠르고 정확하게 잡아낼 수 있고 문자 그대로 '느낌상' 발
견한 것들을 말할 수 있다. 단지 전달하는 단어가 모호할
뿐. 모호한 단어를 빠르고 정확하게 알아듣고 수정하는
게 음악 전문가가 키워야 할 요령과 기술이다.

느낌과 감정에 의존한 피드백으로 인해 한층 발전한 결
과물을 본 건 나도 예상치 못한 일이었다. 다시 한번 모든
이들에게 배울 점이 있다는 것과 나는 부족하다는 사실을
깨닫는다. 답답할 때도 있고 지칠 때도 있지만 어쨌든 나
는 돈 주는 사람들에게 큰 고마움을 느낀다. 그들이 있기
에 나도 밥벌이를 하며 음악 활동을 할 수 있으니까!

입금만 너무 늦어지지 않았으면 좋겠다. 아, 그리고 피
드백을 정리해서 한 번에 줬으면 좋겠고 피드백이 너무

주관적이거나 추상적이지 않았으면 좋겠다. 작업한 자의 예술적, 창의적 아이덴티티를 어느 정도 존중해 주었으면 좋겠다. 페이를 너무 적게 책정하지 않았으면 좋겠다. 수정은 몇 회까지라고 사전에 명시했으면 좋겠고 수정을 너무 쉽게 생각하지 않았으면 좋겠다. 그리고 나에게는 그 일뿐 아니라 다른 일도 있고 개인적인 삶도 있다는 것을 기억해 줬으면 좋겠다.

앗, 돈 받는 자의 속마음이 나와버렸다.

내 밥줄이 위험하다

대충 이때쯤이면 연락이 와야 하는데…….

1차 프로젝트를 끝내고 2차를 시작하기로 한 일정이 거의 다가왔는데도 아무런 연락이 없다. 2차는 무산된 것인가? 아니면 다른 사운드 디자이너를 찾았나? 하루가 지나고 이틀이 지나고 나도 조금씩 잊어버릴 때쯤 연락이 왔다. 청천벽력 같은 소식과 함께! 음악 제작 분량이 3분의 1로 줄었다고 했다. 나머지 3분의 2는 인터넷에서 다운받아서 쓰기로 내부적으로 결정되었다는 이유 때문이었다. 음악에 들어가는 비용을 대폭 축소한 것이었다.

드디어 나에게도 올 것이 왔다는 생각에 그날은 하루

종일 마음이 아팠다. 아프고 쓰라렸다. 인터넷에서 음악을 골라서 쓰는 방식은 이제는 너무나도 익숙한 작업 방식이지만 처음 찾아온 한 방은 매우 강력했다. 남의 감성은 이해하지 못하면서 내 감성은 매우 소중히 여기는 나는 그날 쓸데없는 멜랑콜리함에 빠져 하루를 날렸다. '나의 사운드 디자이너로서의 수명은 여기에서 끝인가', '벌써 이러면 앞으로 무슨 일을 하며 어떻게 살아야 하지……' 등등, 굳이 하지 않아도 되는 고민과 생각들로 긴긴 밤을 보냈다.

엄청나게 큰 공간에 전시되는 영상 전체의 음악 작곡 및 사운드 디자인을 맡았던 이 프로젝트는 규모가 워낙 커 30대 초반에 가장 큰 돈을 만질 수 있게 해준 효자 프로젝트였다. 시즌별로 영상도 바뀌고 음악도 바뀐다고 해서 기대가 컸다. 목돈을 손에 쥐어보는 기회가 또 한 번 찾아올 때를 기다리며 은근히 설레는 마음을 품고 있었다. 그런데 저렴한 비용에 음악을 다운로드 받을 수 있는 웹사이트에 일거리를 빼앗긴 것이다.

얼마 전엔 광고 영상 음악 의뢰가 들어왔다. 당연히 작곡인 줄 알았는데 내용을 듣고 보니 선곡이었다. 역시나 월정액을 내고 음악을 무제한으로 고를 수 있는 웹사이트에서 분위기에 맞는 음악을 선곡해 달라는 의뢰였다. 같은 이유였다. 클라이언트가 음악에는 예산을 많이 쓸 의향이 없다고 못 박았기 때문.

선곡이야 당연히 할 수 있지만 아주 무난하고 대중적인 스타일을 골라야 하는 게 문제였다. 나는 대중성이 뭔지도 잘 모르는 사람이라고 앞서 절절히 읊은 적 있다. 고민했다. 이런 선곡은 굳이 내가 아니어도 음악을 조금만 아는 사람이면, 아니 음악을 모르더라도 대중적인 눈과 귀가 있는 사람이면 누구나 할 수 있는 일이기에 자존심이 아주 조-금 상하기도 했다. 매우 바쁘기도 했기에 해야할지 말아야 할지 선뜻 답을 하기 어려웠다.

내가 주저주저하자 나에게 연락하신 디렉터님이 상황을 설명해 주셨다. 클라이언트가 음악 제작비로는 돈을 쓸 수 없다고 거듭 말해서 음악을 적은 비용으로 해결해 보려 했는데 선곡해서 들려주는 음악마다 퇴짜를 놓는다고 했다. 시간은 촉박한데 심사숙고해서 선곡한 음악마다 맘에 안 든다며 사소한 것들을 트집 잡으니 진전이 없었다. 매우 곤란한 상황에 처해 있었다. 원래 같으면 하지 않았을 작업이지만 연신 죄송하다고 양해를 구하셔서 결국 컴퓨터를 열었다. 하지만 모두가 좋아할 만한 광고 음악을 고르는 건 나에게 큰 산이었다. 게다가 잔잔하지만 드라마틱하고, 악기 구성은 간단하지만 다이내믹한 음악을 원하는 클라이언트의 요청 사항을 맞추기가 불가능했다. 결국 디렉터님이 음악을 고르고 나는 선곡된 음악을 내레이션에 맞게 편집만 하기로 했다.

지금 이야기한 밥줄의 위기 상황은 음향 관련 일을 하는 사운드 디자이너가 아닌 작곡 관련 일을 하는 사운드 디자이너에게 국한된다. 아직까지는 그렇다. 나중에 녹음 환경이나 기술이 말도 안 되게 좋아져서 후반 작업을 할 필요가 없게 되면 음향을 다듬는 사운드 디자이너와 엔지니어에게도 이 위기가 곧 찾아올 수 있다.

일자리를 뺏길 위기에 처했다고 툴툴대고 있지만 나도 번역 일을 할 때에는 구글 번역을 애용하니 뭐라 할 말이 없다. 구글 번역은 심지어 무료라 늘 고맙고 또 고마운 마음이다.

거창하고 비싼 작품이 아닌, 단순한 배경음악이 필요한 사람들에게 음악을 저렴한 값에 제공해 주는 플랫폼은 오아시스나 마찬가지다. 음악에 들어갈 예산을 큰 폭으로 줄일 수 있고 정확성이나 고유성은 떨어져도 원하는 장르와 스타일을 마음껏 고를 수 있으니 말이다. 정말 이렇게 말하고 싶지 않지만 나 같아도 혹할 기능이다.

컴퓨터와 인공지능이 발전할수록 존폐 위기에 처하게 되는 직군이 더 많아질 것이다. 기계 번역이 도입되며 번역가들이 설 자리가 없을 거라는 전망이 나오고, 곧 은행원들이 사라질 거라는 예측이 신문을 장식한다. 예술 분야는 이보다는 기계의 발전에 영향을 덜 받지만 분명 여파는 있다. 인간이 할 수 있는 일, 인간의 창조 활동인 예술의 범위를 줄이는 일은 하나둘 나타나고 있다.

프로그래밍을 해놓으면 컴퓨터가 자동으로 음악을 작곡하고 연주하는 생성 음악generative music이 나왔을 때 음악계는 술렁였다. 이제 컴퓨터가 작곡가를 대신하는 시대가 왔다는 회의적인 의견과 긍정적인 의견이 오갔다. 미술계도 마찬가지다. 컴퓨터가 그린 그림이 몇 천만 원에 팔리고 인간보다 훨씬 뛰어난 기교와 기술을 선보이니 미디어에서는 기술의 발전을 연일 찬양한다. 며칠 전엔 인공지능이 소설을 썼다는 기사를 봤다. 이런 기사들을 접할 때마다 위기감을 느끼는 건 어쩔 수 없다.

기술과 기교는 발전해도 그 사이사이의 틈을 메꿔주는 게 인간미라고 생각하는데 기술이라는 똑똑한 녀석이 인간미까지 점령할까 봐 두렵다. 하지만 기계와 인간은 분명히 다르다. 인간의 손길이 닿아야 하는 부분이 반드시 있다.

현재 가요계에는 목표에 들어맞게 만들어 낸 기계라고 할 수 있을 정도로 춤과 노래 실력이 완벽한 능력자들이 넘쳐난다. 고음과 비브라토 기술은 부족함이 없고 외모 역시 흠잡을 데 하나 없다. 이 모든 것들이 어우러져 완벽한 퍼포먼스를 만들어 낸다. 하지만 (나만 그럴 가능성이 크지만) 그런 노래들을 듣고 있으면 흥은 나지만 감동은 별로 없다. 특정한 기억이나 감정을 불러일으키고 마음 한구석을 쓰리게도 하는 결정타가 없다. 가창력이 조금 떨어지고 음정이 완벽하게 들어맞지 않아도 꾸밈없는, 있는 그대로의 목소리로 순수함을 노래하는 추억의 가요를 사람들이 자꾸만 찾는 이유가 분명 있다.

머리를 열심히 굴린 끝에 내 밥줄을 위협하는 기술을 내 편으로 만들어 활용하는 뒷심을 기르자는 결론에 도달했다. 어떻게 뒷심을 기를지는 아직 잘 모르겠다. 완벽하게는 아니어도 번역도 컴퓨터가 대신해 주는 시대가 벌써 왔는데 컴퓨터가 대신 음악도 작곡해 주고 사운드도 디자인 해줄 날이 정말 머지않았음을 느낀다. 이미 그런 기술이 있지만 아직 상용화되지 않았을 뿐이다.

인공지능이 내가 할 일을 대신하는 날이 오면 나는 무슨 일을 하고 있을까. 밥줄을 뺏긴 분한 마음을 글로 써 내려가고 있을까, 위기를 기회 삼아 새로운 분야의 전문가가 되어 있을까. 아니면 어쩔 줄 몰라 발만 동동 구르고 있을까. 오지도 않은 일을 걱정부터 하는 게 인간의 고질적인 문제다.

성경에 "내일을 염려하지 말라. 내일이 자기 것들을 염려할 것이요"(마 6:34)라는 구절이 있다. 그래, 아직 오지도 않은 내 밥줄의 위기는 진짜 그 위기가 찾아왔을 때 염려하자. 그래도 늦지 않다. 헤밍웨이도 망망대해에서 상어와 싸우던 노인의 입을 빌려 많은 생각은 접어두고 불운이 닥치면 그때 맞서 싸우라고 하지 않았던가. 일단 곧장 배를 몰자. 한날의 악은 그날로 족하다⋯⋯.

소리를 다루는 사람들

영어에 "Jack of all trades is master of none(열두 가지
재주 있는 사람이 밥 굶는다)"이라는 속담이 있다. 이 문
장을 보고 왜 뜨끔한지. 난 한 분야의 마스터가 되고 싶었
는데 정말 열두 가지 재주가 있는 것 같다. 혹여 내가 밥
굶을까 봐 내심 걱정하는 엄마에게 나는 융합형 인재가
될 테니 걱정 말라고 큰소리 쳐났다.

소리라는 가장 일상적이면서도 무한한 예술적 가능성
을 가진 대상을 다루는 사운드 디자이너는 소리에 있어
열두 가지 재주를 가진 만물박사가 되어야 하는 것 같다.
음악 작곡도 할 줄 알아야 하고, 음악 편집 소프트웨어도

능숙하게 다룰 수 있어야 하며, 다양한 장르에도 열려 있어야 하고, 소리의 음악적 특성뿐 아니라 소리의 물리적 특성까지 파악해야 한다. 잘 먹는다고 다 요리를 잘하는 게 아닌 것처럼 노래를 잘한다고 해서, 악기를 다룰 줄 안다고 해서 다 귀가 좋은 건 아니다. 역시 작곡을 잘한다고 해서 소리를 잘 만질 수 있는 것도 아니다.

사운드 디자이너를 업으로 삼은 사람들마다 자신을 정의하는 단어와 성격이 조금씩 다르다. 나는 작곡가에 가깝다. 소리를 소리 자체가 가진 성질로 대하기보다는 소리들이 모이고 겹치며 만들어 내는 하모니와 리듬이 나의 흥미를 끈다.

바람에 부딪혀 떨리는 나뭇잎이 만들어 내는 소리는 예술가에게 자연을 주제로 한 사운드스케이프soundscape를 표현할 수 있는 완벽한 재료다. 특정 환경에서 들을 수 있는 소리를 녹음해 나열하는 사운드스케이프를 통해 청취자는 자신이 가보지 않은 숲의 공기를 들이마시고 폭포에서 튀는 차가운 물방울을 느낄 수 있다. 하지만 사운드 엔지니어에게 이런 소리는 때에 따라 깎거나 눌러서 없애야 할 소음이며, 소리를 수치와 과학으로 대하는 사람들에게는 분석해야 할 대상이다.

나는 작곡가와 음악감독을 병행하기 때문에 사람들이 일반적으로 생각하는 사운드 디자이너의 삶과는 많이 다른 삶을 살고 있다. 한국에서 사운드 디자이너로 일하다 몇 년 전 중국 게임 회사로 이직한 지인의 근황을 들어보니 경력이 14년차임에도 아직도 매일 배우고 공부해야 할 것들이 쌓여 있다고 한다. 매일매일 새로 업데이트되는 사운드 관련 이슈 및 정보를 익혀야 하는데 대부분 영어로 되어 있고 팀원들도 모두 외국인이다 보니 중국어는 물론 영어 공부도 필수다.

게임 개발 사운드 디자이너들은 단순히 음악 편집 소프트웨어를 활용해 사운드 파일을 제작하는 일 외에도 게임 엔진 및 사운드 미들웨어, 사운드 엔진 등 공부할 게 수두룩하다고 한다. 무엇보다 중국의 게임 출시 및 개발 성장 속도가 한국보다 빨라 배우는 속도 역시 빠르고, 각기 다른 국적의 팀원들과 팀을 이루어 프로젝트를 진행하다 보니 다양한 문화를 접하게 되어 세상을 바라보는 시야가 넓어진다고 한다. 얘기를 듣고 나니 갑자기 조금 부러워졌다. 난 왜 외국에서 사운드 디자이너로 일해볼 생각을 한 번도 하지 못했을까.

나의 사촌오빠도 드라마 사운드 디자이너에서 게임 사

운드 디자이너로 전향했다. 방송 사운드 디자인은 사운드 이펙트, 폴리, 대사, 앰비언스, 믹스 등등 드라마나 방송에 들어가는 모든 사운드를 다루는 일인데, 피를 말리는 일이라고 이곳저곳에서 들었다. 드라마 초반부에는 선 작업을 할 수 있지만 뒤로 갈수록 거의 생방송이나 마찬가지이다. 그런데 한 시간짜리 드라마에 들어가는 자잘한 소리까지 만져야 하니 퇴근은 꿈도 못 꾸고 스튜디오에서 항상 대기해야 하고 일주일에 이틀 정도 집에 들어갈 수 있다고 한다.

여기에서도 예술과 기술이 부딪히는데, 사운드 팀이 아무리 특별하고 독특하게 사운드를 디자인하고 싶어도 대부분 전형적인 사운드를 원하기 때문에 결국 똑같은 사운드를 쓰게 되는 경우가 많다. 주인공이 초능력을 쓰는 장면이 있으면 누구나 예측할 수 있는 뾰뵤뵹! 소리를 넣어야 하고 충격을 받는 장면에서는 뚜둥! 같은 소리를 넣어야 한다. 드라마란 게 남녀노소 모두를 만족시켜야 하는 장르라 어쩔 수 없는 부분이기도 하다.

밥 먹듯 밤을 새지만 그에 비해 따라오는 봉급은 터무니없이 적어 함께 방송 사운드 디자인 일을 시작했던 친구들 대부분은 현재 다른 업종에 종사하고 있다. 슬픈 현실이다. 과거에 비해 대우가 많이 나아지고 있다고는 하나 역시 방송계에서 일했던 다른 친구의 이야기를 들어봐도 상황은 비슷했다.

반대로 사촌오빠가 현재 다니는 게임 회사는 완전히 새로운 소리를 선호해서, 시간이 허락하는 한 직접 리소스를 녹음하고 그 소리를 다시 디자인해 사용한다고 한다. 메탈이 울리는 소리를 수음受音(소리로 된 신호를 받는 것)하려고 직접 울림통을 제작하기도 하고, 자동차 소리가 필요하면 소리를 완전히 흡수해 내부 반사음이 거의 없는 방인 무향실과 차를 빌려 녹음하고, 활 소리가 필요하면 국궁장과 활 쏘는 분들을 섭외해 직접 녹음한다는 것이다. 정말 엄청난 환경이다. 클릭 몇 번으로 리소스 다운받는 데에 익숙해져 버린 나 자신이 매우 초라해 보인다. 이렇게까지 사운드에 투자하는 회사는 업계에 거의 없다고 한다.

게임에서의 새롭고 독자적인 사운드는 게이머들에게 완전히 새로운 경험을 선사한다. 우리가 지하철역에서 지나가며 듣는 게임 트레일러 사운드, 모바일과 컴퓨터로 시간가는 줄 모르고 즐기는 게임에 이렇게 많은 시간과 노력과 돈, 인력이 투자된다.

나는 주로 미디어아트나 영상에 들어가는 음악 또는 소리를 화면 효과에 맞춰 제작하고 편집한다. 시각적 요소와 청각적 요소가 한 몸이 되어 보는 이들에게 긴장이 해소되는 쾌감을 선사하기 위해 효과음은 빵빵하게, 전환되는 부분은 부드럽게, 강약은 확실하게 만든다. 미디어아트 쪽은 방송보다는 사운드 디자인에서 예술적 제약이 상대적으로 적어 개성 있고 매력적인 사운드를 디자인할 수 있는 기회가 좀 더 많다.

문득 궁금한 생각이 들어 사촌오빠에게 물었다. 그렇게 힘든 일임에도 사람들이 방송 사운드 디자인 일을 하는 이유가 무엇인지. 모든 사운드 디자이너가 그렇듯 대답은 간단했다. 드라마가 끝난 후 엔딩 크레디트가 올라갈 때, 본인의 이름이 박힌 화면을 볼 때의 뿌듯함이었다. 소리가 영상을 더 빛나게 해줌을 알기에 한 작품 한 작품 모두 소중하고 애착이 많이 간다고 했다. 시청자 입장에서는 흘러가는 선으로밖에 보이지 않을 그 이름 석 자가 어떤 방식으로든 드라마 제작에 참여한 사람들에게는 우레와 같은 박수 소리다. 그때가 그간의 노력을 보상받는 순간이다.

영상에 입체감을 더하기 위해, 이야기를 더 돋보이게

하기 위해, 우리가 영상에 더 집중할 수 있도록 하기 위해, 보이지 않는 곳에서 묵묵히 최선을 다해 일하는 사람들이 있다. 매일 더 많은 이들이 소리에 집중해 주기를 진심으로 바란다. 소리를 만들고 다듬은 이들의 노력과 수고가 화면에서, 무대에서, 소리가 있는 곳 어디에서든 더 반짝반짝 빛나길 바란다.

3.

소리의
목소리

소리에 집중해 주세요

"미치겠네, 정말. 하……."

나는 또 안절부절못하고 있다. 심호흡도 해보고 이어폰 볼륨을 최대로 키워봐도 그 사이를 뚫고 들어오는 초고음의 절절한 호소를 이길 수 없다. 그래, 발라드 좋지. 이별을 겪은 사람들에게 얼마나 위로가 되며 공감이 되겠어. 거기다 하늘을 찌르는 고음과 기교는 듣고만 있어도 박수를 치고 싶어질 정도니. 하지만 내가 그런 발라드를 듣고 싶은 장소는 커피 한잔 하며 머리를 식히러 온 카페가 아니다. 조곤조곤 대화를 나누거나 각자 할 일을 하고 있는 공간에서 그런 노래는 아무리 명곡이라 해도 소음이 될 뿐이다.

신나서 몸이 들썩이는 댄스음악도 마찬가지이다. 유행하는 요소는 모조리 들어간 자극적인 악기 구성과 점점 빠르게 쪼개지면서 고조되다가 터지는 강력한 비트, 기계음이 적절히 가미된, 위로 쭉쭉 뻗는 시원한 창법. 이 모든 것이 조합되어 만들어 낸 음악을 듣고 싶은 곳은 자라와 H&M 매장 또는 각자의 이어폰 안이지 결코 카페는 아니다.

새로운 카페나 레스토랑에 갈 때마다 항상 가장 걱정되고 두려운 부분이 바로 음악이다. 그래서 나는 마치 소개팅을 하러 갈 때 먼저 와 있는 상대를, 어떤 충격이나 실망을 줄이기 위해 유리창 밖에서 미리 확인하고 살펴보는 사람처럼 문 앞에서 인터넷 검색을 해보고, 귀를 기울이며 한참을 고민하고 서성이다 첫발을 내딛는다. 그래도 실패하는 확률이 매우 커 결국 가던 곳만 계속 가게 되긴 하지만.

거듭 말하지만 공간이 갖고 있는 소리는 인테리어 디자인만큼이나 중요하고 강력하다. 소리는 조명과 가구만큼이나 중요한 공간의 얼굴이다. 부릅뜬 눈처럼 허연빛을 발산하는 형광등 아래 창백한 얼굴이 되는 카페에 가고 싶은 사람이 몇이나 될까. 카페의 조명은 은은하고 부드러워야 한다. 하지만 은은한 조명에 온갖 아기자기한 소품은 다 갖다놓았는데 울려 퍼지는 음악은 길길이 날뛰는 곳이 많다. 인테리어 디자인은 성공했지만 사운드 디자인에서 완벽하게 실패한 장소의 몇 가지 예를 들어보겠다.

예 1)

유명 커피 프랜차이즈에서 있었던 일이다. 이전에 한번 같은 브랜드의 다른 지점에서 피를 본 적이 있으므로 같은 프랜차이즈에 다시 가는 게 매우 꺼려졌지만 다른 선택권이 없는 상황이었다.

들어가자마자 '쿵, 쿵, 쿵, 쿵' 베이스가 심장을 뛰게 하고 천장에 촘촘하며 고르게 퍼져 있는 스피커들에서 인정사정없이 최대 볼륨으로 음악이 쏟아져 나오고 있었다. 그렇다. '쏟아져 나온다'는 표현밖에는 쓸 수 있는 동사가 없다.

이곳은 카페인가, 댄스 플로어인가. 머릿속이 혼란스러워졌다. 사람들은 대화하기 위해 목청을 높였고 목소리와 음악 소리, 그 외의 소음이 한데 뒤섞여 목구멍까지 차올랐다. 음료를 삼킬 수가 없었다. 호흡을 가다듬으며 참을 수 있을 때까지 참아보다가, 이러다 나의 평정심과 고막이 폭발하는 게 아닌가 싶어 카운터로 가서 조심스럽게 물었다.

"죄송한데, 혹시 음악 볼륨 좀 줄여주실 수 있나요?"

이런 경우 대부분은 바로 볼륨을 줄여주지만 간혹 정중히 부탁했음에도 마치 내가 말도 안 되는, 선을 넘은 요구라도 한 듯이 한쪽만 올라간 입꼬리로 "아, 네……" 하며 볼륨을 줄이는 척만 하는 몇몇 점원들이 있다. 이곳이 딱 그랬다. 방금 전 묘사한 얼굴로 고개만 끄덕한다 했더니 역시 볼륨은 줄어들지 않았다. 나는 세상에 나온 지 10분도 되지 않아 아직 뜨끈뜨끈한 6,000원짜리 음료(심지어 맛도 없었던)를 모두 쏟아버리고 그 자리를 떠났다.

예 2)

우연히 집 근처에 있는 우아해 보이는 레스토랑에 갔다. 나무로 된 두꺼운 문을 조심스럽게 열고 들어가자 각 테이블마다 테이블보가 깔려 있고 유리로 된 꽃병이 한가운데를 차지하고 있다. 천장에 매달린 샹들리에는 어찌나 화려한지 스테이크에 와인이라도 시켜야 할 것 같은 고급스러운 분위기였고 그에 어울리게 잔잔한 피아노 음악이 흐르고 있었다. 내가 원하던 무난하고 편안한 분위기는 아니었지만 어쨌든 음악은 조용하니 일단 자리를 잡았다.

들어온 지 30분쯤 지났을 때 이상한 기운을 느꼈다. 30분 동안 음악 구성에 변화가 전혀 없었다. 잠시 대화를 멈추고 스피커에 귀를 기울였다. 설마 내가 생각한 그 일이 실제로 일어나고 있는 것인지 확인하기 위해. 역시 내 예감이 맞았다. 네 마디로 이루어진 한 프레이즈가 무한 반복되고 있었다!

이 레스토랑에서는 누군가 높은 조회 수로 수익을 얻기 위해 유튜브에 아무거나 갖다 붙여 만든 몇 시간짜리 플레이리스트가 무한 반복되고 있었던 것이다. 외출할 때 강아지들에게 틀어주는 15시간 연속 재생 음악보다도 질이 떨어지는 충격적인 재생 목록이었다(차마 음악이라 명하지 못하겠다). 하지만 누구도 그 사실을 깨닫지 못한 듯했다. 피아노 연주곡은 모두 클래식한 분위기를 연출해 줄 거라는 근거 없는 믿음이자 오해가 이런 터무니없는 상황을 불러온 것이다. 한 시간 뒤 자리를 뜰 때까지 나는 10개 미만의 음정으로 무한히 연결되는 피아노의 고리 안에 갇혀 있어야 했다.

예 3)

세련된 인테리어 디자인과 전통적이지 않은 책 큐레이 팅으로 젊은이들의 마음을 사로잡은 서점 프랜차이즈가 있다. 하지만 웬걸, 직접 가본 그곳은 독서가 주는 평안은 커녕 스트레스 레벨만 잔뜩 채워주는 곳이었다.

서점 전체에 울려 퍼지는 메인 스피커에서는 달달한 목 소리로 귀를 간지럽히는 밴드 음악이 나오고(여기까지는 괜찮다) 독서하라고 만들어 놓은 테이블 바로 옆에 있는 카페는 자신만의 개성을 드러내는 방편이 필요했는지 스 피커를 따로 장착해 힙합 음악을 마구 뿜어내고 있다. 거 기에 질세라 음악 관련 서적과 음반을 모아놓은 구석 코 너에서는 스피커 성능을 시연함과 동시에 음반 홍보까지 두 마리 토끼를 잡느라 클래식 피아노 선율이 화려하게 흘러나오고 있었다.

즉, 동시에 세 가지 다른 음악이 앞다퉈 존재감을 드러 내고 있었다. 서점이라고 이름 붙인 곳에서 그 누구도 음 악 선곡을 감독하고 있지 않다니 믿을 수가 없었다. 아무 리 전통성을 탈피하고 현대성을 입었다 하지만 서점의 기 본적인 역할은 독자들이 편안한 분위기에서 책을 살펴볼 수 있도록 하는 게 아니었나. 아니면 요즘 책방은 콘셉트가 아예 변한 건지, 얼마 전 갔던 책방 겸 카페에서도 줄기차게 댄스음악만 나와 책을 한 줄도 읽지 못했다. 책을 몇 권 집어 들고 테이블에 앉았던 나는 두통으로 자리에서 일어났다. 역시나 아직 뜨끈하게 김을 뿜고 있는 커피를 쏟아버리고 나온 건 당연지사다. 이렇게 버린 나의 커피 값은 누가 보상해 줄는지.

이 세 가지 경우, 주변을 돌아보아도 그 누구도 음악의 폭력에 영향받지 않은 것처럼 보였다. 모두 익숙한 듯 무표정한 얼굴로 커피를 마시고 파스타를 먹고 책장을 넘겼다. 볼륨을 줄여달라는 게 결코 과한 요구가 아니고 좋은 레스토랑에서 그에 걸맞은 좋은 음악을 듣고 싶어 하는 내가 비합리적으로 예민하게 구는 게 아닌데……. 대부분의 사람들은 아예 인지를 못하거나 신경을 쓰지 않는 듯했다.

불과 며칠 전에는 한 카페에서 완전히 새로운 차원의 bgm을 듣고 엄청난 충격을 받았다. 조성만 정해놓으면 자동으로 연주되는 어떤 프로그램을 돌려서 만든 음악 같은데 박자도 계속 어긋나고 불협화음이 끝없이 나왔다. 두꺼운 장갑을 끼고 피아노를 치는 것같이 얼추 맞으면서도 다 틀리는 기이하고 이상한 음악이었다. 유튜브에 아무나 '카페 배경음악'이라는 제목으로 재생 목록을 올릴 수 있게 된 후 상황은 점점 더 심각해지고 있다.

음악을 누구보다 사랑하는 사람들에게조차 버거울 정도로 음악은 도시 전체에 가득하고, 가득한 만큼 피로하다. 시간, 장소, 때에 따른 드레스코드가 있듯 음악에도 코드가 있어야 하건만 공간의 소유자들마저 자신의 공간에서 어떤 음악이 흘러나오는지에 대해 무신경하다. 빠른 비트의 화려한 음악이 결코 장소의 청춘을 보장하지 않고 오케스트라 악기 구성이 결코 그 장소의 품위를 보장하지 않는다. 음악이 주는 휴식과 즐거움은 우리가 그 권리를 외치지 않는 이상 저절로 주어지지 않는다. 그렇다면 공간과 분위기에 맞는 좋은 음악을 들을 권리를 어떻게 주장하냐고?

소리에 집중하면 된다. 소리에 집중하면 그동안 대수롭지 않게 지나쳤던 소리들이 하나둘씩 모습을 드러낸다. 그리고 말해준다. '이 분위기에서 이 음악은 좀 아니지 않아?', '나 원래 좋은 음악인데 지금은 좀 정신없지 않아?' 라고.

음악이 분위기에 맞지 않게 너무 시끄러우면 주저하지

말고 가서 요청하자. 볼륨을 조금만 낮춰달라고. 결코 무례한 요청이 아니다. 멀리 봤을 때 과장 조금 보태 그 장소의 사운드 디자인에 대해 무료로 조언해 주는 것이니 얼마나 생산적이고 효과적인 오지랖인가. 음악의 퀄리티가 좋고 나쁘고를 떠나 어쨌든 공간 사운드 디자인의 시작은 듣는 이의 편안함이니까.

정말 마지막으로 딱 한 번만 더 말하고 싶다. 소리에 집중하는 사람들이 많아지면 좋겠다고. 그리고 소리에 대한 요구를 당당히 할 수 있는 사람들이 많아지면 좋겠다. 그럴수록 세상은 더 좋은 소리, 때와 장소에 맞는 듣기 좋은 음악으로 가득 찰 테니까. 무엇보다 나만 예민하고 깐깐한 사람이라는 누명을 벗게 될 수 있을 테니까.

"나는 싸구려 카페를 좋아하는 사람들을
원망하지 않는다. 그들은 다른 노래를 모를 뿐이니까.
하지만 싸구려 카페의 주인들은 원망스럽다.
그들이 인간을 타락시키는 것이 나는 싫다."
—생텍쥐페리, 《인간의 대지》

소리와 함께한 시간들

1. 소리 전파기

2016년, 한불수교 130주년을 맞아 파리에서 열린 아트 페어에 한국 작가들이 다수 초청되었다. 프랑스 여성들을 동경하고 프랑스 문화를 짝사랑하던 나는 초청된 작가 중 한 팀에 끼어 운 좋게 그 여정을 함께할 수 있었다. 사실 음악 팀은 가지 않아도 되는 행사였다. 이미 음악이 입혀 진 완성된 작품이라 재생 버튼만 누르면 되었기에 조금이 라도 여비를 아끼려면 나는 가지 않는 게 경제적으로 맞 았다. 하지만 나에게는 강력한 무기가 있었다. 바로 영어!

예술 팀에 영어를 할 줄 아는 사람이 없다 보니 소통할 길이 막막했고 내가 작곡가 겸 통역가로 따라가게 되었다.

아트파리 아트페어의 미디어 파사드 프로젝트는 그랑 팔레Grand Palais라는 파리의 랜드마크 전면에 미디어를 투사시키는 프로젝트로, 건물과의 완벽한 일체화 및 조화는 말할 것도 없고 미적, 창조적 영역까지 모두 만족시켜야하는 까다로운 작업이었다. 15분 길이의 미디어아트의 디테일과 완벽하게 한 몸이 되는 음악을 제작하기 위해, 무슨 일이 있어도 절대 밤을 새지 않는 내가 납기일인 다음 날 오후 4시까지 한숨도 못 자고 책상에 붙박이가 되어야했다. 그렇게 완성한 작품이라 나도 실제 그랑 팔레에 투사되는 작품이 어떨지 매우 궁금했다.

파리를 대표하는 장소인 만큼 그랑 팔레는 프랑스 영화에도 단골로 등장하고 샤넬 등 유명 브랜드의 패션쇼 무대로도 빈번히 사용된다. 처음 이곳에 발을 딛자마자 그 공간과 분위기에 압도되어 프랑스라는 나라 자체가 위대하게 느껴졌다. 이렇게 역사와 문화가 깊은 곳을 전시관과 미술관으로 사용하고 있는 나라라니. 제1차 세계대전 중에는 전쟁 병원으로 쓰였고 제2차 세계대전 때에는 독일이 프랑스를 점령하면서 나치의 트럭 창고로 사용되거나 나치 선전물 등을 전시하는 용도로 쓰였다고 한다. 파리에서 해방 운동이 일어났던 1944년에는 레지스탕스들의 본부로 쓰이기도 했다. 지금은 미술 작품들이 전시되고 화려한 패션쇼가 열리는 이곳이 이런 이야기를 품고 있다니 놀라울 뿐이다. 기구한 운명을 거치고도 원래 모습이 그대로 보존된 것 또한 놀라웠다.

해가 뉘엇뉘엇 지고 사람들이 하나둘 그랑 팔레 맞은편에 있는, 결코 '쁘띠'하지 않은 쁘띠 팔레 계단에 자리를 잡았다. 작품이 순서대로 상영되고 드디어 우리 작품 차례가 되었다. 장자의 '호접몽'을 미디어아트로 재해석한 〈Hypnagogia〉라는 작품으로, 꿈과 현실이 뒤범벅된 영상에 맞춰 음악도 평온에서 혼란까지 온갖 스펙트럼을 오갔다. 침을 꼴딱 삼키며 넋 놓고 보고 있는데 갑자기 영상이 중간에 뚝 끝나버렸다. 대체 이게 무슨 일인지 부리나케 오퍼레이션 부스로 달려가 정황을 살펴보니 다른 작가들의 작품들이 주로 5분에서 10분 미만이라, 15분에 달하는 우리의 작품을 부스에서 임의로 반을 잘라서 내보낸 것이었다.

작품을 15분 이상으로 만들라고 한 지침을 가장 완벽하게 지켰는데 이런 결과를 낳다니. 후반 5분 정도가 영상과 음악의 클라이맥스라 그대로 넘어갈 수는 없었다. 나의 소중한 새벽을 그 5분을 위해 남김없이 썼는데. 박탈당한 수면을 보상받기 위해서라도 상황을 해결해야 했다.

부스에 있던 담당자들에게 열변을 토하며 상황을 설명했다. 그런데 그들은 대답은 하지 않고 날 멀뚱멀뚱 쳐다만 보고 있었다. 알고 보니 영어를 전혀 하지 못했던 것이다! 결국 그쪽에서 전화로 연결해 준 누군가에게 상황을 설명하고 그쪽에서 또 전화로 연결한 더 높은 사람에게 똑같은 내용을 읊고 나서야 문제를 해결할 수 있었다.

다행히 행사 담당자는 내 말을 듣더니 거듭 사과하며 기술 팀에 전체 영상을 재생하라고 지시했다. 통역가 역할을 제대로 해내며 내가 따라온 게 낭비가 아니었음을 증명했다. 저 멀리 에펠탑이 보이는 파리 한복판에 내 손을 통해 태어난 소리가 울려 퍼지는 장면은 평생 잊지 못할 것이다.

소리에 대한 워크숍을 했던 경험도 아주 소중한 기억으로 남아 있다. 다양한 배경의 사람들이 여러 가지 예술 활동에 직접 참여해 즐길 수 있는 기회를 제공하는 한 예술 교육 단체에서 소리에 관한 일일 클래스를 기획하고 있었는데 감사하게도 소리에 관심이 아주 많은 내가 클래스를

138

맡게 되었다. 장소는 경복궁에 근접한 창성동에 위치한 아기자기하면서도 품위 있는 한옥이었고 열두 명의 참가자들과 함께 소리에 대해 듣고, 소리를 만들고, 만들어 낸 소리를 이미지화하는 시간을 가졌다.

참가자들이 각자 준비해 온 사물들로 주어진 이미지와 단어에 관한 소리를 만들었는데 생각보다 다들 아이디어가 풍부하고 기발해서 깜짝 놀랐다. 워크숍 후반부에는 참가자들 각자의 목소리를 녹음해서 즉석에서 하나의 음악으로 편집해 USB 스틱에 담아 나누어 주었다. 시간이 촉박하기도 하고 주변 소음이 많아서 편집하는 데에 애를 조금 먹었지만 그래도 재미있는 결과물이 나왔다.

거의 세 시간 동안 진행된 워크숍이었는데 시간이 부족할 정도로 알차고 즐거운 시간이었다. 소리가 가진 가능성을 깨닫고 우리가 일상생활에서 얼마나 소리를 간과하며 살아가고 있는지 경험할 수 있는 좋은 기회였다.

소리와 관련된 워크숍을 저 멀리 바다 건너 스페인에서 한 적도 있다. 사운드, 무브먼트 그리고 비디오 워크숍으로 빌바오라는 소도시에서 열린 이 행사는 그 지역 예술학교에 다니는 10대 학생들과 함께 간단한 몸풀기부터 시작해 즉흥적으로 작품을 하나 만드는 시간이었다.

나는 역시 소리 담당이었다. 대부분 컴퓨터 음악에 대한 기초 지식이 없는 학생들이라 에이블톤 라이브^{Ableton} Live(음악 편집 소프트웨어로, 이름에서 알 수 있듯 라이브 연주에 강하다)로 즉석에서 녹음한 소리를 샘플링(녹음한 소리나 기존 음원을 따와 음악 리소스로 사용하는 것)해서 라이브로 연주하는 방법만 보여줬는데도 다들 '우아~' 하면서 신기해해서 귀여웠다. 이틀간의 워크숍 기간 동안 즉흥적으로 만든 소리에 즉흥적으로 만든 움직임이 더해지고 하나의 작은 공연이 완성되어 작은 무대를 가졌다.

코로나라는 끈질기고 잔인한 녀석만 찾아오지 않았더라면 그리스에서 에피소드가 하나 더 추가되었을 텐데 정말, 진심으로, 격하게 아쉽다. 말도 안 되게 좋은 기회였기에, 취소된 지 거의 2년이 된 지금까지도 공연자들 사이에서 간혹 소환되는 공연이다.

코로나만 없었다면 그리스 국립 오페라극장에서 무용과 라이브 연주가 함께하는 엄청난 공연을 할 수 있었는데. 코로나만 없었다면 공연이 끝나고 혼자 크레타섬에 가서 테세우스와 미노타우로스의 신화, 조르바의 흔적, 그리고 디도와 바울의 행적을 찾아볼 수 있었는데. 영화의 한 장면처럼 평생 선명하게 남을 추억을 가질 뻔했던,

이력서에 아주 멋진 한 줄이 추가될 수 있었던 기회였기에 '그리스'라는 단어는 물파스를 바른 덧난 상처처럼 쓰라리게 남았다. 이후 나는 상실감을 달래기 위해 1,000페이지가 넘는 그리스 로마 신화를 읽었다.

하지만 늘 준비하는 자세로 기다리고 있겠다. 어떤 기회가 언제 또 찾아올지 모르니, 음악에 대한 지식은 물론 영어도 더욱 열심히 익혀놔야겠다. 쓰지 않으면 잊히는 게 잔인한 현실이니까. 나이가 들수록 소리와 함께한 소중한 시간과 경험이 늘어난다. 하루 빨리 국내와 세계 방방곡곡 좋은 소리, 재미있는 소리를 퍼뜨리고 오고 싶다.

2. 소리 수집기

제주도에 여러 번 가봤지만 나에게 제주도는 '그날'의 소리로 가장 크게 남아 있다. 공연에 들어갈 영상을 촬영하러 한라산을 올라가던 길에 폭우가 내리쳤다. 폭우보다는 폭풍우라 함이 옳겠다. 함께 갔던 안무가 언니와 연출가 오빠는 비바람을 뚫고 영상 촬영을 감행했다.

차 안에서 대기하던 나는 구슬이 굴러가듯 차 위로 후두두두 떨어지는 빗방울 소리에 화들짝 놀랐다. 소리는 일정한 간격을 두고 반복되었다. 두드드드드드, 화드르르

르르, 챠라라라라. 글로 나타낼 수 없음을 통탄한다. 엄청
난 소리에 매료되어 멍하니 앉아 있던 나는 손을 더듬어
랩탑과 헤드폰, 마이크를 꺼내 빗방울 알갱이들의 협주를
담았다. 컴퓨터 화면 위에 그려지는 파형을 보니 얼굴에
미소가 스쳤다. 처음으로 필드 레코딩을 제대로 해본 날
이다.

그날 밤 머물렀던 한옥에서도 엄청난 양의 소리를 수집
할 수 있었다. 낮 동안은 창호지와 나무로 된 창틀을 두드
려 장구 비슷한 퍼커션 소리를 얻었다. 이 소리는 추후 국
악기가 필요할 때 아주 유용하게 썼다. 장구 소리를 실제
로 녹음한 거냐는 말도 몇 번 들었을 정도로 퀄리티가 괜
찮았다.

밤에 다시 찾아온 폭풍우는 밤새 이어졌고 이러다 창호
지가 다 찢어지는 게 아닌가 하는 두려움에 잠을 이룰 수
없을 정도였다. 바람이 울부짖는 소리를 그렇게 가까이서
들었던 적은 없었다. 천둥 때문에 깜깜했던 방 안이 번쩍
번쩍 빛나던 새벽, 나무와 종이를 쉴 새 없이 두드리고 때
리는 거친 비바람도 휴대용 녹음기에 모두 담았다.

온갖 종류의 언어를 매일 들을 수 있던 멜팅팟Melting Pot
의 결정체 런던도 나에겐 소리를 수집하기에 완벽한 놀이

터였다. 다른 언어가 아닌 같은 영어를 쓰더라도 런던에서 듣는 각기 다른 악센트는 항상 귀를 쫑긋하게 한다.

내가 영국 영어에 빠진 이유는 단 하나, 소리 때문이다. 영어는 미국식 영어만 있는 줄 알았는데 영국식 영어를 듣고 그 클래식한 멋에 매료되었다. 지금도 갑자기 영국 영어가 고프면 급하게 이어폰을 꽂고 BBC를 튼다. 곧 나긋하게 들리는 영국 악센트가 마음을 편안하게 해준다.

내가 가장 사랑하는 악기 칼림바도 런던에서 만난 악기이다. 각기 다른 음정을 가진 쇠막대를 엄지손가락으로 통통 튕기며 연주해 '엄지 피아노thumb piano'라고도 하는 칼림바는 맑고 투명한 해파리 같은 음색으로 나를 단숨에 사로잡았다. 지금은 나의 부주의로 몸체를 두르고 있던 가죽이 찢겨 사라지고 먼지가 조금 쌓였지만 여전히 내가 가장 아끼는 악기이다. 인도네시아 전통 음악인 가믈란 느낌이 나는 악기를 찾고자 세계에서 온 온갖 악기들을 파는 악기점에 들른 참이었는데 예상외의 보물을 만난 것이었다.

가믈란은 그동안 접했던 세계 음악 중 가장 신비롭고 매력적인 음악이다. 아이슬란드 뮤지션 비욕은 무려 가믈란 오케스트라와 함께 MTV 언플러그드에서 라이브 공연을 했다. 음악사에 길이 남을 엄청난 공연 영상이다. 언젠가 인도네시아에 가서 가믈란 연주를 실제로 보고 어설프게나마 연주해 보는 게 꿈이다.

런던 옥스퍼드 서커스 뒤쪽 골목에 위치한 작은 악기점에서 발견한 칼림바는 나와 바다를 건너 동양의 한 작은 나라에 와서 라이브 연주에도 함께하고 새로운 모습으로 빚어져 나의 음악 세계를 가득 채워주었다.

이렇게 기록한 나의 아름다운 소리 컬렉션은 첫째, 아직도 이해하지 못할 어떤 불가사의한 일로 컴퓨터 하드디스크의 내용물이 모조리 지워지면서(혼자 웹사이트를 만들려고 어떤 플랫폼을 쓰다가 벌어진 불상사인데 아직도 무슨 일이 있었는지 이해가 되지 않는다), 둘째, 외장하드가 랩탑에 연결된 채로 바닥에 고꾸라지면서 담고 있던 모든 자료와 함께 깡그리 사라졌다. 외장하드 복구하는 데에만 거금을 썼는데 데이터는 모두 손상된 상태로 나에게 돌아왔다. 다시는 겪고 싶지 않은 이 쓰디쓴 경험 후 백업을 생활화하게 되었다(생각난 김에 지금 쓰고 있는 이 원고도 얼른 백업해야겠다).

소리와 함께한 알록달록하고 청아한 시간들이 흘러간다. 이전의 열정을 되찾지 않는 이상 앞에 썼던 기억들을 다시 경험하기는 어려울 것 같다. 소리를 발견하려면 소리를 찾아나서야 한다. 늘 곁에 있는 공기의 소중함을 알지 못하듯 소리도 주의를 기울여 찾지 않으면 공기처럼 흘러간다. 언젠가는 그때의 소리를 다시 찾을 수 있겠지만 지금의 나는 많이 오염되고 타락했다. 소리에 미쳐 있었던 시절의 순수함이 가끔 그립다.

런던이 열어준 소음의 세계

대학교 졸업을 앞두고 있던 2011년, 우연히 본 다큐멘터리의 한 장면이 뇌리에 깊숙이 박혔다.

지느러미가 잘린 상어가 원을 그리며 천천히 짙은 어둠 속으로 떨어진다. 방향감각을 상실해 버린 상어는 순순히 곤두박질친다. 해저는 더욱 처참했다. 몸뚱이만 덩그러니 남겨진 상어들이 바다의 바닥을 굴러다니고 있다.

대체 왜 이런 끔찍한 일이 일어난 걸까. 샥스핀을 얻기 위해 인간은 수면 가까이 올라온 상어의 지느러미를 능숙하게 슥삭 자른다. 어떠한 죄의식도 없이, 일은 신속하고 간단하게 끝난다. 균형과 방향을 잡아주는 역할을 하는

지느러미를 잃은 상어는 속수무책이다. 아래로, 더 아래로 깊이 떠내려가는 것밖에는 선택권이 없다.

상어에게 공격당하는 고래의 편에만 서 있던 내가 상어가 공격당하는 그 순간만큼은 상어의 편에 서게 되었다. 나는 그날 밤 상어를 위한 애가를 썼다. 미디를 완벽하게 다루지 못하던 시절에 만든 곡으로 곳곳에 어색함이 묻어나고 과하게 웅장한 면이 있었지만 상어를 향한 아픔을 목 놓아 표현하고 제목도 멋있게 'Shark'라고 붙였다.

곧 대학생 신분을 벗게 될 즈음이었다. 아무런 대책 없이 학생이라는 방패막이가 사라질 처지였기에 돌파구가 필요했다. 그대로 서울에 머무르면 안 될 것 같단 생각이 들었다. 일단 집에서 벗어나고 싶었고, 음대에 가고 싶었던 꿈을 늦게라도 이루고 싶었다. 중학교 때부터 막연히 음대에 가고 싶었던 나에게 부모님이 해줄 수 있는 건 다니던 교회 성가대 반주자 언니에게 레슨을 부탁하는 것이었고 그렇게 이곳저곳에서 레슨을 받았다.

원래 클래식 음악가를 꿈꿨기에 쇼팽처럼 되고 싶어서 쇼팽을 듣고 쇼팽을 연주했다. 그런데 실력이 부족해도 한참 부족했다. 무엇보다 클래식 작곡의 필수인 시창청음, 특히 청음이 전혀 안 됐다. 시창은 악보를 보고 바로 연주할 수 있는 능력이고, 청음은 소리만 듣고 음을 맞힐 수 있는 능력이다. 누군가 피아노를 아무거나 꽝 쳐도 미, 파#, 솔#, 시, 이렇게 바로 음들을 구분해서 악보에 옮겨 적을 수 있어야 한다. 다섯 살 이전에 피아노를 배워야 절대음감을 갖게 된다는데 그보다 훨씬 늦은 10대에 시작한 나는 음정을 감으로 맞힐 수밖에 없었다.

청음이 안 되면 서울에 있는 대학교는 포기해야 한다고 한 음악 선생님의 말에 충격을 받고 바로 클래식에서 돌아섰다. 음악은 시작했고 대학에는 가야겠고, 고등학교 2학년 2학기 때 늦었지만 재즈로 길을 틀었다. 하지만 또 한 번 늦어도 너무 늦었다. 겨우 6개월 정도 레슨을 받고 시험 삼아 수시를 보고 오라는 선생님의 격려로 나는 대학교 건물 올리는 데에 돈만 보태주고 치욕스럽게 시험을 마쳤다. 페달을 밟아야 하는데 발이 위아래로 10센티미터 정도는 후들댔다. 손보다 발이 더 돋보이는 연주였다. 나 같은 애들이 반 이상이니 그렇게 부끄러울 일은 아니었지만 6개월 만에 또 충격을 받은 나는 재즈에서도 바로 돌아섰다.

그렇게 돌고 돌아 엄마가 처음부터 원하던 영문학과에 들어갔는데 웬걸, 공부만 하던 사람들 틈에 끼어 있으니 날고 기는 음악 하는 사람들 사이에서 기도 못 펴던 내가 '음악까지 잘하는' 놀라운 능력을 가진 사람이 되어 있었다. 역시 용의 꼬리보단 뱀의 머리가 되는 게 낫다. 영문과 밴드에 들어가 4년간 과 행사나 축제 때 로커 행세를 했지만 성에 차지 않았다. 나는 진짜 뮤지션이 되고 싶었다.

대학교 졸업장을 받고 나면 백수가 되는 건 시간문제였기 때문에 빠르게 움직여야 했다. 나는 급하게 잠재적인 행보를 탐색했다. 집에서 벗어나려면 다음 행선지는 무조건 해외여야 한다. 해외로 가려면 그럴싸한 사유가 있어야 한다. 아하! 긴 가방끈을 좋아하는 부모님에게 석사를 한다고 하면 먹히겠구나. 지금처럼 너도 나도 석사인 시대와 다르게 그 시절에는 석사, 특히 학위보다 실력과 경력이 중요한 음악 석사는 별로 없었다.

빠르게 석사과정을 물색했다. 새로운 언어까지 배울 시간은 없으니 영어권 국가에서 고르자. 이왕 갈 거면 강대국으로 가는 게 좋으니 미국과 영국 둘 중에 하나로 가자. 어라, 미국은 이미 접수 기간이 끝났네? 영국은 접수 기간이 유동적이군. 영국으로 가자. 이렇게 급하게 영국이 나의 다음 행선지로 낙점됐다. 그리고 이 선택은 나의 인생에 지대한 영향을 미치며 내가 했던 선택 중 가장 잘한 선택 톱 3 자리에 오르게 된다.

나는 당장 떠나고 싶었다. 하루하루가 답답해 견딜 수 없었고 모험을 간절히 원했다. 학교를 빨리 선택해야 했는데 영국에 있는 학교에 대해 아는 게 아무것도 없었다. 영국으로 1년 먼저 유학을 떠난, 함께 공연 활동을 하던 지인에게 뜬금없이 연락해 클래식과 재즈가 아닌 음악을 하는 유명한 예술대학을 추천해 달라고 했다. 런던에서는 골드스미스Goldsmiths College, University of London라는 학교가 알아준다고 답이 왔다. 골드스미스 낙점!

포트폴리오가 가장 중요하다고 하는데 포트폴리오를 이제 와서 어떻게 만들지 또 하나의 산이 남아 있었다. 아! 나에겐 상어를 위한 애가 〈Shark〉가 있었다! 작품을 만든 경위도 예술학교에서 좋아할 것 같았고, 작품 소개에 쓸 이야기도 많았다. 상어에겐 슬픈 이야기지만…….

시간도 없고 돈도 없었기에 유학원을 통하지 않고 모든 걸 직접 해야 했다. 교수님과 직접 이메일로 소통하고 필요한 서류나 자료는 과에 전화로 문의해 해결했다. 추천서도 직접 번역, 모든 서류도 직접 번역, 포트폴리오도 그럴싸하게 만들어 모두 전달했다. 힘겨운 기다림 끝에 합격을 알리는 이메일을 받았다. 런던으로 떠나는 일만 남았다는 생각에 설레어 잠을 잘 수 없었다. 신나게 여권도 새로 만들고 짐을 싸고 있는데 담당 교수님으로부터 이메일이 왔다. 이메일 한가운데에는 덩그러니 한 문장이 쓰여 있었다.

'We do experimental music(우리는 실험음악을 합니다).'

첨부 파일에는 사전에 읽고 오기를 권장하는 책 표지가 첨부되어 있었다. 실험음악은 태어나서 처음 들어보는 단어였다. 음악으로 실험을 하는 건지 실험한 걸 음악으로 만드는 건지 알 수가 없었다. 어쨌든 해외 배송으로 책을 구해서 꾸역꾸역 읽었다. 한 학기를 휴학해서 8월 여름에 대학교 졸업장을 받은 나는 9월 말 바로 석사과정을 시작했다. 성격도 참 급하다.

런던에 발을 디딘 2011년 9월은 음악을 대하는 나의 태도가 완전히 바뀐 기념비적인 시점이다. 런던은 단순히 음악이 아닌 소리의 세계, 더 나아가 소음의 세계를 열어주었다. 새로운 언어를 배우면 귀가 뚫리는 순간이 있다. 배경음악처럼 틀어놓은 TV나 라디오에서 나오는 단어가 귀로 들어와 해석되는 순간이다. 영어를 처음 배웠던 싱가포르에서 첫 번째로 귀가 뚫렸고 런던에서 두 번째로 귀가 뚫렸다. 언어가 아닌 소음을 듣는 귀가.

여전히 시끄럽고 거슬리는 똑같은 소리였지만 흥미롭고 재미있다는 새로운 성격이 더해졌다. 소음에 꽂힌 나는 닥치는 대로 소음을 수집했다. 어마어마한 볼륨으로 내 귀청을 때리던 런던의 앰뷸런스, 각양각색의 언어와 악센트로 말하는 사람들의 목소리, 비닐봉지를 바스락 밟고 지나가는 트럭의 바퀴, 지하철에서 나오는 안내 방송 등등. 30만 원 주고 산 녹음기는 제 역할을 충실히 해냈다.

막상 학교에 가보니 나의 소음 사랑은 같은 과 학생들의 발끝에도 못 미쳤다. 그들은 소음에 미쳐 있었다. 수업 시간에 소리를 녹음할 사물을 하나씩 가져오라는 교수님의 지시에 식물이 자라는 소리를 녹음하겠다며 화분을 가져온 학생에 비하면, 손에 잡히는 대로 알약을 가져간 난 초짜 중 초짜였다.

학생들은 악기가 아닌 온갖 소리로 음악 만들기에 심취했다. 누군가의 귀엔 음악이 아닐 수도 있는 소리가 그들의 귀엔 빌보드 차트 1위 곡보다 매력적으로 들렸다. 영화 〈어둠 속의 댄서〉의 셀마처럼 소음을 리듬으로, 일상의 소리를 음악으로 들었다. 나에겐 소음에 일정한 패턴이 있을 때 이 마술 같은 순간이 펼쳐진다. 패턴 없는 소음은 그저 소음이다. 공사 현장에서 나는 철강 소리, 물방울이 떨어지는 소리, 자동차 경적 소리들이 일정한 간격으로 반복되며 뭉쳤다 떨어지고, 시간 차를 두고 만들어 내는 소리는 흔히 듣는 악기로 만든 음악보다 흥미진진하다.

학기가 시작할 때까지 어떤 존재인지 알 수 없었던 실험음악은 말 그대로 소리와 음악, 감상 등, 소리와 관련된 모든 대상을 실험하는 것이었다. 전형적인 악기가 아닌 우리의 삶을 촘촘히 채우고 있는 소리를 모아 음악을 만들고 작곡을 넘어 듣는 이의 태도와 감각, 경험까지도 실험한다.

전 세계에서 가장 유명한 작품 하나를 예로 들어보자면 단연 존 케이지의 〈4′33〉이다. 1952년 작품으로, 연주자는 작품의 길이인 4분 33초 동안 아무것도 연주하지 않는다. 관객들은 가만히 앉아 공간과 환경이 주는 소리를 듣는다. 그 길면 길고 짧으면 짧은 순간 동안 공간과 환경이 그 자체로 음악이자 연주, 공연이 된다. 이 작품을 실제로 볼 기회가 생긴다면 8할 이상은 장난하냐며 어이없어할 것이다.

평양냉면집을 하는 친구 남편에게 한 손님이 나가면서 "음식 갖고 장난치지 마쇼"라고 했다고 한다. 손님의 그릇은 깨끗이 비워진 상태였다. 익숙하지 않은 첫 번째 경험엔 누구나 반감을 갖게 마련이다. 하지만 한 번 평양냉면이 혀를 자극한 이상 그 무미건조하며 소위 행주 빤 맛이라고 하는, 화이트와인처럼 맑은 빛을 띠는 육수와 힘없이 뚝뚝 끊어지는 모랫빛 면발이 두고두고 생각날 것이다. 누군가에게는 장난일 수 있는 음식이 누군가에게는 인생 음식이 될 수 있는 것처럼 누군가에게는 말도 안 되는 실험적 시도가 누군가에게는 완전히 새로운 청각 경험이 될 수 있다.

어릴 때 잠깐 함께 음악 활동을 했던 독일인 친구는 음악 갖고 실험하는 건 방 안에서나 할 일이지 무대에 들고 나올 작품이 아니라며 실험음악에 대한 반감을 표했다. 사람마다 실험음악을 접한 감상은 천차만별일 것이다. 나에겐 실용적이진 않지만 스릴 있고 즐거운 여행이었다. 그리고 그 여행은 나를 소음과 소리를 새롭게 듣는 길로 안내했다.

서울도 런던만큼 온갖 모양새를 한 크고 작은 소음과 소리로 가득하다. 시끄럽고 짜증나면서 요란하고 화려한 소리를 넘치도록 담고 있는 꽉 찬 상자다. 이제 서울에서 희미해진 소리를 다시 더듬어 찾아봐야겠다. 귀가 뚫리는 세 번째 순간이 찾아올지도 모른다. 실험음악을 평양냉면에 비유하게 될 순간이 올 줄은 몰랐던 것처럼.

숫자, 네가 왜 여기서 나와?

미디를 막 시작하고 배움에 목이 말랐다. 뭐라도 더 읽고 더 배우고 싶어서 닥치는 대로 구글을 검색하고 유튜브 강좌를 시청하고 관련 서적을 탐독했다. 평소 관심 있던 사운드 프로그래밍에 관한 책을 구하고 싶었는데 당시 한국에는 관련 책이 없었기에 원서를 해외에 주문해서 사야 했다.

책이 도착하고 어렵지만 천천히, 조금씩 읽어 내려갔다. 한 챕터 끝내고, 두 번째 챕터 끝내고, 세 번째 챕터가 시작되는 페이지를 펼치자 'Math and Music'이라는 제목이 떡하니 날 노려보고 있었다. 수학과 음악? 갑자기?

거기다 기분 나쁘게 왜 수학이 음악보다 순서도 먼저인지. 수학 하기 싫어서, 산수를 못해서, 숫자만 보면 어지러워서 예체능/문과생이 된 거였는데? 왜?

나는 수학을 초등학교 때 포기했다. 가족 중 그 누구도 내가 수학을 포기했다고 나무랄 수 없었는데 집안 내력이라고 인정했기 때문이다. 우리 가족 구성원은 아빠, 엄마, 오빠, J, 나 이렇게 다섯 명이다. 이 중에 숫자가 나와도 현기증을 느끼지 않는 사람은 엄마 한 명이다. 하지만 우리 집안에서 운동신경이 없는 사람도 엄마 하나니까 엄마는 모든 게 고씨들과 다르다. 다른 고씨 집안 친척들은 모르겠지만 우리 가족만큼은 수학 및 숫자에 약하다. 아빠가 인정한 사실이다.

이런 나에게도 신기한 이력이 있는데 싱가포르에서 다니던 고등학교에서 연달아 수학 상위권을 차지한 일이다. 서양식 교육(싱가포르는 동남아지만 영국식 교육체계를 따르고, 당시 내가 다니던 학교는 미국계 학교였다)을 경험하고 나니 우리나라 수학 교육(뿐 아니라 영어 교육도)이 얼마나 잘못되어 있는지를 절실히, 뼈저리게 깨달았다. 싱가포르 국제학교에서는 고등학교 2학년 수학 시간에 한국 중학교에서 이미 배운 내용을 배웠다. 나는 한국에서 배운 내용을 어렴풋이 기억하고 있었기에 당황하지 않고 진도를 따라갈 수 있었다.

국제학교에서 수학 선생님은 어떤 원리로 문제가 해결되는지 차근차근 설명해 줬고 학생들에게 직접 문제를 풀 수 있는 시간을 줬다. 이해하지 못한 학생들은 교실에 남아 스스로 복습하며 모르는 게 있으면 친구들과 토론하고 선생님께 물어볼 수 있었다. 자율적인 학습 분위기였다. 그래서인지 공부가 더욱 재미있었고 선생님과 친구들, 무엇보다 나 자신을 실망시키고 싶지 않아 공부를 꽤 열심히 했다. 열심히 한 결과로 학업 우수상을 여러 번 받았다 (나는 내가 예일대에 갈 줄 알았다).

그렇게 좋은 환경에서 양질의 교육을 받아놓고 금세 다 잊어버린 내 잘못도 크지만 피치 못할 사정으로 한국으로 급하게 돌아와 일반 고등학교에 복학하고 나니 대체 뭐가 뭔지, 이걸 왜 배우는 건지, 단 한 문제도 이해할 수 없었다. 공부에 대한 흥미가 급락했다. 수학 시간에 몰래 자는 것마저 힘들어지자 결국 담임 선생님을 찾아가 나는 수학 점수가 필요 없는 예체능을 할 거니 수학 수업에 들어가지 않아도 된다는 허락을 얻어냈다. 어차피 안 될 거 빠르게 포기하자는 심산이었다. 그래서 음악을 배우고 영어를 공부하며 숫자와는 아름다운 이별을 했다. 그 누구도 아쉬워하지 않는, 깔끔하고 쿨한 이별이었다. 내 두 손엔 간편한데 친절하기까지 한 계산기가 있었다.

그런데 수학 네가 음악 관련 책에서 대체 왜 나오는지? '수학과 음악'. 다시 한번 제목을 훑어보고 잠시 겁에 질렸지만 뭐라고 말하는지 들어나 보자는 마음으로 글자를 읽어 내려갔다. "음악 작업에 사용되는 몇 가지 수학에 대해 논의할 것이고…… 블라블라……." 그리고 다음 문장이 날 한 번 더 놀라게 했다. "제가 수로 시작하는 단어를 꺼냈다고 해서 방금 움찔하셨다면 무서워하지 않아도 됩니다." 저자는 이미 알고 있었던 것이다! 예술로 길을 튼 수많은 수포자들의 수학 공포증을!

뒤늦게 깨달은 사실인데, 음악이나 영어를 택하면 생활에서 수학이나 산수가 필요 없다는 말은 다 거짓말이다. 나는 숫자 때문에 궁지에 몰리거나 피가 거꾸로 솟거나 얼굴이 새하얗게 질리거나 손해를 본 일을 셀 수 없이 경험했다. 일상생활에서 겪는 불편은 말할 것도 없다.

런던에서 옷가게 알바를 할 때는 현금을 선호하는 문화 때문에 돈 계산 하느라 매번 곤욕을 치렀다. 계산기를 써도 안 되는 계산이 있었다. 바로 할인. 분명 할인가를 계산하는 방법을 배웠는데 옷을 사는 개수에 따라 할인율이 달라지고 거기다 잔돈을 없애겠다고 동전을 한가득 들이미는데 10대 초반에 수학을 포기한 내가 대체 뭘 어쩔 수 있겠는가. 손님은 앞에서 기다리고 있고 나는 동전을 잔뜩 손바닥에 펼쳐놓고 눈앞이 캄캄해진 채 헤매고 있다. 영업이 끝나고 매출을 계산해 보면 몇 파운드씩 비는 잔고 때문에 내 주머니에서 피 같은 동전을 꺼내 메꿔야 했다. 몇 파운드면 한 끼 밥값이었다. 돈 아끼려고 집에서 라면을 끓여 먹고 오곤 했는데 이렇게 날려버리니 눈물이 날 지경이었다.

반대로 내가 돈을 내야 할 때에도 마찬가지다. 익숙해질 때까지는 똑같은 모습으로 동전을 한가득 손바닥 위에 올리고 점원의 도움으로 계산해야 했다. 100원 단위도 카드로 계산할 수 있는 우리나라를 향한 애국심이 솟아오른다.

영어를 할 때에도 숫자는 날 괴롭힌다. 해외에 있는 팀과 미팅 시간을 잡아야 하는데 시차 계산이 안 된다. 창피한 일이다. 한 시간, 두 시간, 수동으로 세볼 수는 있지만 이게 맞는지 확신이 서지 않으니 답답할 수밖에 없다. 거기다 유럽과 미국엔 우리나라에는 없는 서머타임이 있다. 여름에는 해가 엄청나게 부지런해져서 아주 일찍 뜨고 아주 늦게 진다. 그래서 여러모로 자원을 아낄 겸 서머타임 기간에는 하루가 한 시간 일찍 시작한다. 시차 계산이 쉬울 리 없다. 번역할 때에도 달러를 바로바로 원화로 환전해야 하는데 큰 단위가 나오면 매번 머리를 꽁꽁 싸맨다. 지금 내가 하는 말을 들으며 나의 고충이 전혀 이해되지 않는 사람이 매우 많으리라 생각한다. 부러운 분들이다.

음악 할 때에도 숫자가 날 부끄럽게 할 줄은 정말 몰랐다. 음악은 끝까지 내 편일 줄 알았다. 무용 공연을 준비하다 보면 리허설을 하면서 마디 수를 바꿔야 할 일이 종종 생긴다. 음악 쪽에서는 '마디'를 사용해 한 마디, 두 마디로, 무용 쪽에서는 '개수'를 사용해 한 개, 두 개로 센다. 문제는 음악에서 한 마디는 네 박자, 즉 네 카운트인데 무용 쪽에서 한 개는 여덟 박자, 즉 여덟 카운트이다. 딱 두 배 차이인데 이게 대체 왜 헷갈리냐고 물을 수 있다. 당당하게 답변을 하려고 보니 나도 왜 그렇게 헷갈리는지 잘 모르겠다.

리허설 도중에 "이 부분에서 여섯 개 빼고 이 부분에서 여덟 개 늘려주세요"라는 요청이 들어오면 모두가 날 바라보고 있다는 부담감과 압박 때문인지 머릿속이 하얘진다. 그 순간 바로 악보를 고쳐서 나눠줘야 하기 때문이다. 무용 개수를 음악 마디로 변환하려면 먼저 무용 카운 트 6개를 8로 곱하고, 곱해서 나온 값인 48을 4로 나누면 12니까 악보에서 열두 마디를 지우고…… 하나 해결! 무 용 카운트 여덟 개면 8×8=64니까 64를 4로 나누면…… 16마디군! 그러면 여기에 16마디를 더하고…….

지금 생각해 보니 이렇게 계산할 필요가 전혀 없다. 무 용 카운트가 음악 카운트의 두 배니 그냥 곱하기 2를 하 면 음악 마디수가 나오는데 왜 그땐 그 생각을 하지 못했 을까. 바보인가. 변명을 덧붙이자면 분명 이보다 훨씬 더 복잡한 상황이었을 것이다. 더 복잡하고 더 압박감이 심 한 그런 상황……. 분명 그랬을 것이다……. 그렇게 믿고 싶다…….

연산 능력의 문제라기보다 수학적인 사고 자체가 굳어 버린 이유가 더 크다. 갑자기 왜 우리 부모님은 내가 수 학을 포기했을 때 가만히 보고만 있었나 작은 원망이 보 글보글 일어난다. 고등학생 때라도, 아니면 대학생 때라 도 아직 뇌가 말랑말랑할 때, 숫자는 평생 널 따라다니며 괴롭힐 거라 경고라도 해줬더라면……. 그래도 난 부모님 말을 듣지 않았겠지만. 이렇게 다 털어놓고 보니 내가 너 무 멍청해 보이지만 요점을 더 드라마틱하게 드러낼 수 있다면 이 정도 희생쯤이야.

그렇다면 소리와 음악에서 숫자는 대체 왜 필요할까?

소리가 나려면 먼저 소리를 내는 물질이 진동해야 한다. 그렇게 떨린 물질의 진동이 공기를 타고 이동해 우리 귀에 도달하는데, 1초 동안 소리가 진동한 횟수를 주파수 frequency라고 한다. 물질이 떨린다고 해서 우리가 다 들을 수 있는 건 아니다. 인간에게 허락된 가청 주파수의 범위는 한정적이다. 일반적으로 사람의 가청 주파수는 20Hz에서 20,000Hz로 개나 고양이가 들을 수 있는 범위에 반도 못 미친다. 한밤중에 아무 소리도 들리지 않는데 개들이 짖는 이유다. 돌고래는 무려 150,000hz까지 들을 수 있다. 우리가 듣지 못하는 소리가 세상에는 상상 이상으로 가득하다. 거기다 청력 기관의 노화로, 20대에 접어들면 20,000Hz까지 듣는 것도 불가능하다.

이렇게 숫자로 표현하는 주파수는 곧 음의 높이이다. 빠르게 진동할수록 주파수 숫자가 커지고 높은 음을 낸다. 피아노 뚜껑을 열고 아래쪽에 있는 현과 위쪽에 있는 현을 튕겨보면 어느 쪽 진동이 더 빠른지 느낄 수 있다. 440hz, 즉 1초에 440번 진동하는 A음(피아노 건반에서 49번째 '라')을 중심으로 우리는 악기의 음정을 조율한다. 440hz인 A4음보다 한 옥타브 높은 A5음은 880hz, A6음은 1,760hz로 옥타브가 하나씩 올라갈 때마다 진동 수는 두 배씩 늘어난다. 한 옥타브 안에 들어가는 12음을 1,200cent(반음별로 100cent)로 나눈 단위 cent도 음정을 미세하게 조율할 때 이용한다. 역시 숫자다. 두 가지 소리를 놓고 한 소리의 cent를 살짝 올리거나 내린 후 나란히 재생하면 소리가 뚱뚱해지면서 재밌어진다. 벌써 숫자가 너무 많이 나와버렸다⋯⋯.

가수가 노래한 목소리를 이어폰으로 들으려면 아날로그를 디지털로 변환하는 과정이 필요하다. 공기 중에 진동하는 아날로그 신호를 녹음해 디지털로 변환할 때 1초에 샘플이 몇 개가 들어가느냐에 따라 정밀함(쉽게 말하면 음질)이 달라진다. 이렇게 연속적인 진동의 파형 중 대푯값만 추출한 1초당 샘플 개수를 샘플 레이트sample rate라고 한다. 샘플을 많이 담으면 담을수록 음질이 좋아지지만 그에 비례해 용량도 커진다.

이제는 거의 역사 속으로 사라진 CD의 샘플 레이트는 인간의 가청 주파수의 두 배를 더한 진동수와 여분으로 100을 더한 44,100이다. 일반 사람 귀에는 모자람 없이 좋은 음질이다. CD 플레이어와 CD 케이스를 늘 들고 다니던 시절이 아련히 떠오른다. 내가 중학생 때는 지금보다 더 좋은 음질로 음악을 감상했다는 말이다. 한때 센세이션을 일으켰던 mp3는 용량이 적어 휴대성이 높지만 음원 데이터를 압축했기 때문에 손실 음원이다. 얻는 게 있으면 잃는 게 있다. 이 특성 때문에, 음원 스트리밍 서비스가 처음 등장했을 때 저명한 뮤지션들이 압축되어 손실된 음원이 재생되는 걸 반대해 서비스를 제공하지 않겠다고 선언한 일도 있다. 최근엔 무손실 고음질 음원을 제공하는 스트리밍 서비스가 속속 등장하고 있다.

컴퓨터로 하는 작업인 만큼 미디를 할 때에도 숫자는 필수다. 음악 편집 소프트웨어에서는 음표를 0부터 127까지의 숫자로 나타낼 수 있다. 건반을 하나 눌렀을 때 세기velocity도 0부터 127까지, 페달 깊이sustain도 0부터 127까지이다. 왜 127일까? 미디는 네 번째 옥타브에 있는 가운데 도를 60으로 정해 C-2(0)부터 G8(127)까지, 총 128개의 음을 제공한다. 우리가 가장 흔히 쓰는 88건반은 128개 건반의 위아래를 뚝 자른 범위이다.

예를 들어, 실제 이렇게 낮은 음을 사용할 일은 없겠지만, 10이라는 숫자를 입력하면 A#-2음을 입력할 수 있다. 직접 쳐서 녹음하거나 미디 노트를 그리면 되지 왜 굳이 숫자를 입력하는지 의아해할 수 있다. 작업을 하다보면 미세한 수정이 필요한데 미디 컨트롤러가 없으면 수정하기가 매우 불편할 때가 종종 있다. 이럴 때 키보드로 수치를 바꿔주면 편리하고 간단하게 해결할 수 있다.

이외에 음악의 속도를 나타내는 bpm도 1분에 4분음표가 몇 개 들어가는지 숫자로 나타내고, 몇 분음표가 한 마디 안에 몇 개 들어가는지 나타내는 박자도 숫자로 나타낸다. 왜 음악 관련 책에 '수학과 음악'이라는 챕터가 있는지에 대한 미스터리는 완전하게는 아니지만 이해될 정도로는 풀렸다.

머리가 아파질 것 같은 숫자 이야기는 소리에 대한 흥미를 잃기 전에 여기에서 그만두겠다. 하고 싶은 말의 핵심은 단 하나다. 음악 한다고 해서 수학, 아니 수학이 아닌 산수라도 포기하지 말라는 것. 나처럼 뒤늦게 깨닫고 돌아가려 하면 다섯 배 정도는 더 고생할 각오를 해야 한다.

수가 만물의 근원이라고 한 피타고라스의 말처럼 숫자는 어디에나 있을 것이다. 온 만물에 편재하는 수가 나를 괴롭히는 존재가 아니라 도와주는 존재가 되게 하려면 숫자를 포기해선 안 된다. 아직도 숫자만 나오면 머리가 하얘지고 모든 회로는 멈춘다. 거듭 노력하면 나아지리란 어렴풋한 희망이 있어서 느릿느릿 공부를 하고는 있지만 나보다 한 살이라도 더 어린, 아직 머리가 굳지 않은 독자들에게 말하고 싶다. 제발 숫자를 포기하지 말라고, 부모님 말씀을 들으라고 말이다.

소리를 볼 수 있을까

초등학교 2학년 꼬마아이 미디 레슨을 한 적이 있다. 부
모님들의 성적이나 입시 상담가로 전락하기가 싫어 원래
아이들 레슨은 맡지 않는 편인데 다행히 아이의 부모님은
음악 듣기를 좋아하고 자신이 들은 음악을 흉내 내서 만
들기 좋아하는 아이에게 더 넓은 방식으로 음악을 지도해
줄 수 있는 선생님을 찾고 있었다. 나는 이론이나 학문의
주제로서의 음악이 아닌 '소리를 듣는 법'을 알려주고 싶
었다. 어떤 소리를 듣고 그 소리를 가져올 것인지 버릴 것
인지, 소리가 다른 소리를 만났을 때 어떤 일이 일어나는
지를 직접 판단하고 듣고 경험하기를 원했다. 왜 소리가

중요한지, 좋은 소리와 재미있는 소리를 포착하려면 주의를 기울이는 듣기가 선행한다는 사실을 경험으로 깨닫게 해주고 싶었다. 이런 과정을 거쳐 무럭무럭 자란 후 나처럼 소리에 깐깐한 사람이 되었으면 했다. 그런 사람들을 세상에 하나둘 퍼뜨리는 게 나의 목표니까.

대학교에서 학생들을 가르칠 때에도 그랬다. 어떤 학생들은 나보다 노래도 잘하고 피아노도 잘 치고 화성학도 잘한다. 그런 기량을 지도해 줄 훌륭한 선생님들은 나 외에도 너무 많다. 난 학생들이 소리가 내는 목소리를 듣고 소리가 만드는 이미지를 보는 방법을 가르쳐 주고 싶었다. 글자에서도 소리를 보고 풍경에서도 소리를 보길 원했다. 반대로 소리에서 이미지와 이야기를 끌어내 올 수 있기를 바랐다.

출강 첫 해, 학생들에게 과제로 프란츠 카프카의 〈변신〉을 읽고 곡을 써 오라고 했을 때 적잖은 파장이 일었다. 다행히 대부분의 학생들은 즐겁고 보람차게 과제를 수행했고, 나의 희망처럼 과제를 하는 잠깐 동안이나마 소리를 새롭게 경험했다. 일상에서 들을 수 있는 직접 녹음한 소리만 써서 작곡하기, 이미지를 음악으로 옮기기, 소리를 글로 대체해 표현하기 등 컴퓨터 음악에 대한 기본적인 이론이나 테크닉을 배우는 것을 넘어 창의적인 활동을 함께했다. 주변에서 들리는 모든 소리를 녹음해 기계적, 전기적으로 변형하고 합성하는 음악인 구체음악 Music Concrète과 이미 여러 번 언급한 실험음악 등 우리나라에서는 쉽게 접하기 힘든 음악 장르도 보고, 듣고, 기초적으로나마 직접 시도했다.

소리에도 색깔이 있다고 말하면 사람들은 어떤 반응을 보일까? 나도 아직 소리의 색을 보진 못했기 때문에 이 주장은 내 머리에서 나온 게 아니다. 이미 오래전, 사람들은 소리에, 더 정확히 말하자면 소음에, 참 예쁜 색깔들을 입혀놨다. 화이트 노이즈, 핑크 노이즈, 블루 노이즈, 바이올렛 노이즈 등, 색이 다양한 것과 같이 각 소음의 역할도 다양하다.

우리에게 가장 익숙한 소음의 색깔은 우리나라 말로 백색소음이라고 하는 화이트 노이즈로 일상생활에 방해가 되지 않기 때문에 공해에 포함되지 않는 소음이다. 자연의 소리에도 화이트 노이즈가 들어 있어서 인위적으로 화이트 노이즈를 배경에 틀어놓아 심리적인 안정을 취하거나 집중을 도와주는 용도로 사용하기도 한다. 브라운 노이즈는 외부 소음을 차단하는 효과가 있다고 해 층간 소음 등으로 고통받는 사람들이 잘 때 듣기도 한다. 인간에게 형용할 수 없는 고통을 줄 수도 있는 소음의 성질과 특징을 잘 활용하면 심리 상태를 치료하거나 안정시키는 용도로도 탈바꿈할 수 있다. 갑자기 혜성처럼 등장해 유튜브를 잠식해 버린 ASMR(자율 감각 쾌락 반응)이라는, 이전에는 듣도 보도 못하던 장르가 선풍적으로 유행한 이유다.

러시아 작곡가 스크랴빈은 음정별로 색을 부여하기도 했다. 이를 공감각Synesthesia이라고 하는데 한 감각기관에 자극이 전달되었을 때 다른 감각에 역시 비슷한 자극이 일어나는 현상을 말한다. '보는 소리'라고 표현할 수 있으며 전문용어로는 색청色聽이라고도 한다. 스크랴빈은 'C음(도)'은 빨강, 'D음(레)'은 노랑, 'A음(라)'은 초록 등 각 음정마다 그 음정이 연상시키는 색을 입혔다. 그는 1910년 작곡한 마지막 작품 〈프로메테우스: 불의 시 Prometheus: Poem of Fire〉를 통해 자신의 공감각적 미학을 드러내고자 했다.

물론 스크랴빈이 지정한 색이 특정 음을 나타낸다는 과학적인 증거는 없다. 개개인마다 생각하는 색이 다를 것이다. 하지만 특정 소리가 주는 분위기는 있다. 장음계에서 3음, 5음, 7음을 반음 낮춘 음계를 재즈에서는 '블루 노트'라고 한다. 들어보면 알겠지만 어딘가 오묘하면서 어두운 느낌이 든다. 일반적으로 '블루'라는 색깔과 단어는 우울한 분위기를 나타내기에 이것 역시 음과 색이 결합된 공감각의 한 형태로 볼 수 있다.

글자를 다루는 사람인 프랑스 시인 아르튀르 랭보는 〈모음Voyelles〉이라는 시에서 글자에 색을 부여했다. A, E, I, U, O 프랑스어 모음 다섯 개에 다섯 가지 색이 빛난다. 검은 A, 흰 E, 붉은 I, 푸른 U, 파란 O.

O, 이상한 금속성 소리로 가득 찬 최후의 나팔,

여러 세계들과 천사들이 가로지르는 침묵,

—오, 오메가여, 그녀 눈의 보랏빛 테두리여!

—아르튀르 랭보, 〈모음〉

색깔과 묶인 글자는 세상의 종말을 노래한다. 끝을 뜻하는 오메가의 O는 최후의 날에 있을 모습을 한가득 담고 있다. 예술가가 보는 세상은 이렇게 다르다. 소리에서 색을 보고 글자에서 색을 본다. 시는 여전히 멀고 어렵지만 이런 구절을 발견할 때 시에 한 걸음 가까워지는 것 같다.

소리를 보는 또 하나의 방법은 기억과의 연결이다. 누

구나 들으면 심리적으로 안정되는 소리가 하나씩 있다. 특히 어린 시절의 추억을 불러와 주는 먼 과거의 소리가 그렇다. 사각사각 연필 깎는 소리, 책장을 넘기는 소리, 모닥불이 타들어 가는 소리 등은 향수를 불러일으키는 동시에 마음을 진정시킨다. 기억 속에 머무는 장면들을 불러와 보여준다.

일주일에 한 번씩 강원도 정선으로 영어 수업을 하러 간 적이 있다(강원도 정선까지 대체 왜 가냐고 신기해하는 사람들이 있었는데 별다른 이유는 없고 다른 수업에 비해 돈을 아주 많이 줬기 때문이다).

수업이 끝나면 저녁 시간인데 시내버스 운행은 이미 종료되었다. 학생 중 한 분의 차를 얻어 타고 40분 정도 산길을 달려 터미널에 도착해 서울로 가는 막차를 탄다(이렇게 보니 돈을 많이 줬던 이유가 충분하다). 두 시간 반 정도 버스에 몸을 맡기면 딱 지하철 막차를 탈 수 있는 시간에 동서울터미널에 도착한다. 버스 안에서만 왕복 다섯 시간을 보내야 했기에 잠들지 못하면 고문이었다. 탈출할 수 없는 공간에서 일어나는 소리와의 싸움이었다.

하루는 서울로 돌아가는 길에 잠들지 못했다. 피곤하고 힘든 시간이었다. 산길을 따라 달리는 버스 차창 밖을 멍하니 바라봤다. 칠흑 같은 어두움 속에 그 자리를 수백 년이고 지키고 있었을 산등성이가 나란히, 위엄 있게 앉아 있었다. 버스의 움직임과 함께 검푸른색의 산등성이가 겹쳐 움직이며 내 눈에 신비한 광경이 펼쳐졌다. 거대한 낙타들이 밤을 느릿느릿 걷고 있었다. 보지만 말하지 못하는 비밀을 등에 지고 무거운 발걸음을 옮기고 있었다.

나는 몇 초간 눈 뜬 채로 잠시 꿈을 꾸다가 정신이 들어 덜컹이는 버스 안으로 돌아왔다. 그 엄청난 장면을 나 혼자서만, 내 눈으로만 목격했다.

몇 년 후, 똑같은 감상이 글로 고스란히 옮겨진 순간을 경험했는데 아무리 머리를 쥐어짜도 책 이름이 생각나지 않는다. 나는 산등성이의 곡선을 보고 낙타가 걷는 모습을 생각했고 미상의 작가는 사막을 걷는 낙타를 보고 낙타가 등에 시간을 이고 걷는 모습을 보았다.

그리고 가장 최근에 마친 공연에서 움직임과, 빛과, 소리와 함께 같은 장면을 다시 만났다. 모래가 흩날리는, 사막을 떠올리게 하는 무대에서 무용수 한 명이 시간을 등에 이고 형벌을 받듯 가운데를 아주 느리게 가로질러 걸어간다. 무대 한편에서는 다른 무용수가 시시포스가 돌을 굴리는 모습처럼 바닥에 누워 짐을 굴리고 있다. 무대는 텅 비었고 공허하다. 이 장면에 들어갈 음악을 위해 나는 강원도의 검푸른 산등성이와 종이 위에 글자로 생생히 그려졌던 낙타를 기억 속에서 불러왔다. 음악은 낙타의 발걸음처럼 묵직하고 세월의 덧없음처럼 허무했으며 인간이 지고 가는 짐처럼 무거웠다.

소리와 마찬가지로 특정 냄새도 특정 기억을 불러일으킨다. 매캐한 연기 냄새는 한겨울을 떠오르게 하고 비릿한 냄새는 한밤의 한강변을 불러온다. 나에게는 백화점 냄새가 이런 작용을 한다. 여느 백화점에서 항상 나는 똑같은 향긋한 냄새가 아닌, 나와 J만 알아챌 수 있는 특유의 백화점 냄새는 여지없이 우리를 싱가포르 오차드 로드에 있는 다카시마야 백화점으로 이끈다. 그리고 그때의 습도와 온도, 기분까지 한 번에 불러온다.

이 냄새는 내가 가장 행복했던 시절을 사진처럼 기억하게 해주는 냄새인 것 같다. 학교가 파하고 무더운 싱가포르의 날씨를 피하기 위해 아무런 목적 없이, 돈도 없이 들어갔던 백화점과 그 안 공기를 가득 채우던 동남아 특유의 향신료와 화장품, 향수의 향을 불러온다. 뜨거운 바깥 공기를 품고 실내로 들어온 사람들의 땀이 인위적인 실내의 차가운 바람을 만나며 굳어진 냄새를 불러온다. 화려한 쇼윈도 안을 들여다보면서도 어떤 상대적 박탈감도 느끼지 않을 정도로 순수하고 강했던 시절, 지하에 있는 푸드 코트를 쿵쿵대며 입맛을 후각으로 대신 채우던 시절, 이 모든 지나간 시절이 냄새라는 자극으로 간간이 나를 찾아온다.

시각, 청각, 후각, 미각, 촉각은 서로를 깨우고 자극하며 공존한다. 재즈 음악을 들으면 자주 가던 와인바의 트러플 감자튀김 맛이 미뢰를 자극하고, 톰 웨이츠의 음악을 들으면 매캐한 향의 인센스 스틱이 혀끝에 닿은 것 같은 쌉쓰름한 맛이 맴돈다.

잠들어 있는 감각을 깨울 시간이다. 청각이 시각보다 하찮다고, 후각이 청각보다 하찮다고 여기지 말자. 어떤 이는 시각에 예민하고 어떤 이는 촉각에 예민하고 난 청각에 더 예민할 뿐, 모든 감각은 동등하다. 이제 소리를 볼 순 없어도 소리가 불러오는 기억은 볼 수 있을 것이다. 공감각이 거창한 게 아니다.

나의 매미 선생님

고래나 북극곰 이야기를 보고 운 적은 많지만 문어 이야기를 보고 펑펑 울었던 적은 처음이다. 93회 아카데미 시상식에서 장편 다큐멘터리상을 받은 〈나의 문어 선생님〉을 보고 나서였다. 문어가 인간과의 이야기에서 주인공이 될 수 있으리라고는 생각도 하지 못했었다.

남아프리카에서 프리 다이빙을 즐기던 영화감독 크레이그 포스터는 우연히 만난 문어와 1년간 교류하며 세상에서 배우지 못한 것들을 배운다. 인간을 경계하던 문어는 점차 크레이그와 유대감을 형성하며 인간의 세계로부터 독립된 바다 아래 세계에서 친구가 된다.

우리가 동물과 맺는 교류는 주로 인간이 지배하는 영역에서 이루어진다. 크레이그와 문어의 교류가 더욱 감동적이고 신비로웠던 건 인간의 힘이 미치지 않는 곳에서 펼쳐진 우정이었기 때문일지 모른다. 인간이 아닌 생명체가 주인공인 세상에서 우리는 인간 세계에서는 배울 수 없는 것들을 배운다. 문어는 크레이그에게 바다 속에서 펼쳐지는 치열한 삶의 여정을 보여준다.

추위에도 약하고 더위에도 약한 체질인 나는 특히 여름을 힘겨워한다. 한낮 여름 공기가 빈틈 하나 없이 서로 들러붙어 들이마실수록 더 숨이 차게 만든다고 할까. 올해 여름은 그나마 강원도에 가서 서핑도 하고 바다 수영도 하며 이전 해에 비해 시원하고 수월하게 넘겼지만 서울의 여름은 끈적끈적하고 화끈했다. 가장 더운 한낮엔 겉옷을 걸쳐야 할 정도로 에어컨을 세게 틀어주는 카페에 가서 일하고 저녁엔 그럭저럭 서늘하니 이번 여름은 생각보다 꽤 버틸 만하다고 생각했는데 문제는 밤이었다. 여름엔 등에서 왜 그리 열이 나는지 맨바닥에서 자야만 하는 나는 꿈을 꾸다가도 갑자기 등 뒤가 뜨거워져 몇 번이고 잠에서 깼다.

그날도 반쯤 깨어 있는 상태와 반쯤 꿈꾸는 상태를 오가며 열기가 올라올 때마다 자리를 조금씩 옮겨가며 방바닥을 굴러다니고 있었다. 바닥 모든 부분이 나의 열기를 옮겨 받아 더 이상 견딜 수 없을 지경이 되었을 때 눈이 번쩍 떠졌다. 시간을 확인해 보니 새벽 2시였다. 또 깼다는 사실에 분노가 터져 나오려는 찰나 귀에 들리는 소리가 불평하려던 나를 멈추게 했다. 방 안 전체가 매미 울음소리로 가득했다. 늘 듣던 그런 소리가 아니라, 빈틈 하나 없이 서로 들러붙은 여름 공기처럼 소리가 꽉 차 있었다.

왜 그동안 매미는 낮에만 운다고 착각하고 살았을까. 내 방 창문 바로 앞에는 건물 5층 높이의 아주 멋진 은행나무가 있다. 이 은행나무는 빽빽한 서울 도심 속에서 사계절을 물씬 느끼게 해주는 고마운 존재다. 은행나무를 무대 삼은 매미들이 밤새 목이 터져라 울고 있었고 더위에 활짝 열어놓은 창문은 매미의 노래인지 울음인지 모를 소리를 두 팔 벌려 환영해 받아들였다.

나는 잠시 그 소리에 매료되어 초록빛 나뭇잎들이 어둠 속에서 흔들리는 모습을 바라봤다. 후텁지근한 밤공기는 다른 음정, 다른 음색을 가진 매미의 목소리를 입고, 어둠은 달빛을 받아 빛나는 초록색을 입고 있었다. 이곳은 내

방이 아니라 애니메이션 속 한 장면이었다. 다시 잠을 청할까 했지만, 강렬하면서도 부드럽게 울리는 매미 소리를 놓칠 순 없었다. 그 순간을 기록해야 했다.

나는 책꽂이에 올려놓은 휴대폰을 더듬어 찾았고 가는 눈으로 녹음 앱을 열었다. 그리고 캄캄한 어둠 속에서 방 안을 맴도는 잔향과 열기와 매미의 목소리를 한데 기록했다. 오랜만에 느껴보는 감정이었다. 소리를 찾아다니며 직접 녹음하는 열정이 식은 지 오래였는데 열대야와 매미가 오랜만에 그 열정을 깨웠다.

나는 원래 매미를 혐오하고 극도로 무서워한다. 여름이 되면 가을의 은행잎처럼 바닥을 점령한 매미들 때문에, 매미를 발로 건드리는 불상사를 피할 수 있을 정도로만 시선을 아래에 두고 최대한 다른 곳을 보며 걸으려 최선을 다한다. 그런데 매미 소리에 매료되었던 밤보다 몇 시간 앞선 같은 날 오후에도 내가 그렇게 싫어하는 매미가 교훈을 준 일이 있었다.

이른 저녁을 먹고 다음 일정까지 시간이 조금 남아 무더위에 잠시 산책을 했다. 곳곳에 널린 매미 시체가 날 소스라치도록 놀라게 했다. 자연스레 대화는 매미의 짧지만 처절하고 찬란한 생에 대한 단상으로 옮겨갔고 우리 인간은 매미에게 심심한 위로를 표했다.

매미 이야기를 하며 걷고 있다가 나는 태어나서 처음 보는 이상한 모습을 목격했다. 번데기 같은 모양을 한 매미가 내 눈높이에서 벽에 붙어 있던 건지, 벽을 타고 기어 올라가고 있던 건지, 회색 벽에 혼자 덩그러니 황금빛을 띠고 그 자리에 멈춰 있었다. 내 눈에만 그렇게 보인 건지 아니면 해를 받아 잠시 일어난 착시현상이었는지 분명 황금빛이었다. 바닥에는 죽은 매미들이 널려 있고, 눈앞에는 황금빛 매미가 오후의 해를 온몸으로 맞고 있고, 머리 위에서는 죽음을 목전에 둔 매미들이 있는 힘을 다해 노래하고 있다. 매미의 삶 전체가 눈앞에 펼쳐져 있었다.

서양에서는 괴물로 그려지는 문어로부터 크레이그가 위로받았던 것처럼, 처음으로 매미에게 일종의 위로를 받았다. 높은 나무 위에서 있는 힘껏 노래할 수 있는 시간보다 어두컴컴한 땅속에서 보내는 시간, 나무 위로 오르기 위해 몸부림치는 시간이 매미 삶의 대부분을 차지한다. 우리 모두는 늘 나무 위에서 노래하기를 원한다. 누구도 컴컴한 땅속에 오래 머물고 싶어 하지 않는다. 어둠 속에 머무는 시간이 길어질수록 마음은 조급해지고 불평은 늘어간다. 하지만 그 시간이 있기에 노래할 수 있고 울 수 있다. 짧은 시간이기에 온 맘을 다해 노래하고 울 수 있다. 그게 매미에게 주어진 삶의 이치이자 자연의 섭리다. 인간에게는 인생을 즐길 수 있는 시간이 수십 년이나 주어진다. 그럼에도 왜 소중한 매일을 걱정과 두려움에 사로잡혀 흘려보낼까. 나무에서 떨어지는 순간이 두렵거나 아쉽지 않게 살 수는 없을까.

이 모든 일이 하루 사이에 일어나다니. 세상 모든 것이 스승이자 학교라는 말이 백번 옳다. 매미의 삶에 대해 좀 더 자세히 알아보고 싶은 마음이 크지만 예고 없이 뜨는 사진을 아직 감당할 수 없다. 문어가 크레이그에게 그랬던 것처럼 매미가 나에게 스킨십을 시도한다면 그 자리에서 기절할 수도 있다. 하지만 매미 소리는 더 이상 의미 없는 소음이 아니다. 매미의 가장 눈부신 시기를 알려주는 노래다. 매미를 정면으로 바라볼 수 있을 때가 되면 더 많은 지혜를 얻을 수 있을 것이다. 자연엔 늘 교훈이 있으니까.

카페에서 이런 이야기를 쓰고 있는데 옆 테이블에서 매미 튀김이 눈에 좋다고 해 억지로 매일 먹고 있다는 대화가 오간다. 역시 현실은 잔인하다. 누가 대체 왜, 처음부터 매미를 튀길 생각을 했을까. 많은 사람들이 〈나의 문어 선생님〉을 보고 다시는 문어숙회를 못 먹을 줄 알았는데 얼마 지나지 않아 맛있게 먹는 스스로에게 수치심을 느꼈다고 말한다. 내가 매미 튀김을 먹는 일은 죽었다 깨어나도 없겠지만 각자 태어난 위치와 환경에서 일어나는 일을 강제로 막을 순 없다. 사람도 살면서 고통받듯 문어와 매미도 약육강식의 세계에서 스스로의 힘으로 살아남아야 한다.

매미도 매미로 태어나고 싶어서 태어난 건 아닐 테다. 굳이 곤충 중에 고르라면 나비가 되었을 테지 매미를 선택하진 않았을 것이다. 원치 않았어도 매미로 태어났으니 울다 노래하다 그렇게 살다 갈 뿐. 아랫배에서부터 끌어올린 힘으로, 온 마음을 다해서 전성기를 누리고 떠나는 거다.

매미 소리가 점점 희미해진다. 가을이 오고 있다는 증거다. 곧 다시 찾아올 한여름의 새벽 속, 매미 울음에 잠이 깨면 그 뜨거운 여름밤이 다시 한번 살아 움직일 것이다. 이번에도 소리가 한몫했다.

소리 혐오

"청각에 휴식이란 없다."

프랑스 소설가 파스칼 키냐르는 그의 작품《음악 혐오》
에서 이렇게 말한다. 세상 어디에서도 우리는 고막을 침
투하는 소리에서 자유롭지 못하다. 완전한 침묵은 없다.
적어도 자연적인 환경에서는 말이다.

소리가 존재하지 않는 유일한 세계는 꿈의 세계다. 꿈
속에서 아무리 소리치고 울부짖어도 감각만이 있을 뿐 소
리의 실체는 없다. 앞으로 내딛으려 해도 납덩이처럼 무
겁게 떨어지지 않는 발처럼 목소리는 목구멍 끝에서 제동
이 걸려 공기 중으로 나오지 못한다. 우리는 꿈속에서 무

슨 일이 일어나는지 인지하고 있지만 적절하게 반응하지 못한다. 다만 꿈의 내용은 기억으로 남고 혹여 기억하지 못한다 해도 정신세계 어딘가에 자리 잡아 흔적을 남긴다. 올더스 헉슬리의 《멋진 신세계》에서 계급원들을 세뇌시키기 위해 수면 요법을 사용하는 이유이다. 계급원들은 소년소녀 시절부터 잠들어 있는 동안 계급의식에 대한 교육이 녹음된 테이프를 반복해서 듣는다. 수면 중 반복되어 울리는 소리는 무의식 속에 깊이 각인된다.

우린 꿈의 바다를 항해하고 있지만 소리는 쉼 없이 우리의 의식을 침투해 스며든다. 계급원들이 자면서도 세뇌당하는 것처럼 우리는 주변 공기를 가득 채우는 소리, 소음, 음악에 세뇌당하고 있다.

안으로 받아들이는 감각인 청각에 휴식이 없듯 바깥쪽으로 향하는 소리에도 휴식이 없다. 몸에 난 흉터는 숨길 수 있어도 몸에서 나는 소리는 숨길 수 없다. 배가 고플 때 위장이 꿈틀대며 만들어 내는 소리는 주변 사람들의 동정심 가득한 시선을 불러오고, 무릎을 굽혔다 펼 때 나는 삐거덕 소리는 관절의 노쇠함을 노골적으로 증명한다.

소리는 사람의 상태를 거침없이 대변하는 대변인이다. 마이크나 스피커를 통해 나가지 않는 이상 소리는 무지향성이다. 지향하는 방향 없이 사방으로 뻗어나간다. 소리의 가장 강력하면서도 고약한 특성이기도 하다. 냄새는 소리와 비슷한 성질을 공유한다. 냄새와 소리 모두 공기를 통해 이동한다. 카페에서 커피 향을 숨길 수 없고 꽃집에서 꽃향기를 숨길 수 없다. 지금 잠시 책을 내려놓고 귀를 기울여 보면 그동안 알아채지 못했던 온갖 소리를 구분할 수 있을 것이다.

소리는 단순히 정신적인 작용만 하는 게 아니라 물리적인 작용을 일으키기도 한다. 원치 않는 소리에 둘러싸여 있으면 극심한 스트레스로 현기증이나 구토를 느낄 수도 있다. 다들 냄비에서 쇠젓가락으로 라면을 건져낼 때 느꼈던 소름 끼치는 순간을 기억할 것이다. 부끄럽지만 소음이 나를 난폭하고 폭력적이게 만든 적이 여러 번 있다. 견딜 수 없는 소음이 속에 고이 잠자고 있던 폭력성을 흔들어 깨운 것이다. 부모님은 이런 나를 매우 걱정하셨다.

다가구주택에 살던 시절, 설 연휴 아침에 곤히 잠을 자고 있었다. 전날 일 때문에 늦게 자서 매우 피곤했기에 다음 날이 연휴인 게 너무 기뻤다. 아직 꿈속을 헤매고 있을 무렵, 쿵. 쿵. 쿵. 소리가 날 깨웠다. 윗집이었다. 발소리와 말소리와 괴성이 뒤섞여 우리 집 전체를 뒤흔들었다.

시간을 확인해 보니 아침 7시. 서서히 깨어나려는 분노를 억누르고 대체 윗집에서 무슨 일이 일어나고 있는지 들어봤다. 정확히 유추할 수 있었다. 설날이라고 할머니 댁을 방문한 손주들이 레슬링을 하는지 싸우는지 온 집 안을 뛰어다니고 있었다. 덩치 큰 초등학생 서너 명 정도로 예상됐다. 30분 정도 참다가 내 머리까지 짓밟는 것 같아 윗집 벨을 눌렀다. 이른 아침부터 벨을 누른 세입자에 할머니의 표정에 언짢은 기색이 역력했다.

"죄송한데 쿵쿵거리는 소리가 너무 심해서…… 조금만 조용히 하라고 해주실 수 있나요? 제가 잠을 너무 못자서요."

얼굴을 찡그리긴 했지만 최대한 공손하게 말하려 했다. 하지만 돌아온 답이 너무 황당했다. 과장하지 않고 그대로 옮겨 적는다.

"7시가 넘었는데 아직도 자고 있어요?"

뒤에 이어진 대화는 옮기지 않겠다. 옆에 있는 화분이라도 집어서 깨뜨리고 싶은 마음을 꾹꾹 눌러 담고 내려왔다. 부모님은 집주인 댁이니까 계속 참으라고만 하셨다.

식구들은 모두 외출하고 나만 혼자 집에 남았다. 쿵쾅 소리는 줄어들기는커녕 더 역동적으로 이어졌다. 집 안에서 온갖 스포츠를 다 시도해 보는 것 같았다. 방에서 일하고 있던 나는 온몸을 구타당하는 기분이었다. 주전자 물이 끓으며 뚜껑이 파르르 떨리듯 몸이 떨렸고 나는 이성을 잃었다.

나는 주방으로 가 아직 뜯지 않은 2리터 물병을 손에 들고 왔다. 쿵쾅대는 소리가 나는 곳 바로 밑으로 가서 있는 힘을 다해 페트병으로 천장을 쳤다. 소리를 지르면서. 머리가 헝클어지고 팔 근육이 저려올 때까지 굿하는 사람처럼 위아래로 뛰었다. 누군가 내 모습을 봤다면 영화 〈곡성〉의 황정민이 빙의된 줄 알았을 거다. 페트병이 찌그러지자 다용도실에 가서 빗자루를 가져와 같은 행동을 반복했다. 위아래로 뛰다가 힘이 빠져 빗자루를 혼자 휘두르는 꼴이 되었다. 이때의 나는 영화 〈파이트 클럽〉의 에드워드 노튼이 빙의된 모습이다. 아무도 없는 공간에서 벌어지는 나 자신과의 사투였다.

그래도 소음은 줄어들지 않았다. 난 만신창이가 된 몸으로 바닥에 주저앉았다. 눈물이 폭포처럼 흘렀다. 남을 전혀 배려하지 않고도 당당한 윗집 사람들에게 화가 불같이 났고 집주인이니까 참으라는 말이 너무 억울했다.

지금은 그럴 힘이 없어서 그렇게 하라고 해도 못하지만

비슷한 상황이 오면 안으로 삭이고 최대한 피하려고 노력한다. 그렇게 날뛰어도 문제는 해결되지 않는다는 것과 그런 모습의 나는 밉다는 사실을 알기 때문에 이제는 점 잖게 대응한다. 소음이 물리적인 작용을 일으키고 정신 건강까지 위협할 수 있다는 사실을 내가 직접 입증했다. 세계보건기구WHO도 인정했다.

세계보건기구는 소음을 단지 성가신 것에서 심각한 건강 위험으로 인식했다. 그들이 제시한 소음 가이드라인은 많은 사람이 도시의 소음 공해에 노출되어 있으며 소음이 스트레스와 연관된 뇌졸중이나 심장질환의 원인이 될 수 있다고 말한다. 소음 공해는 또한 수면 장애 및 불쾌감 유발, 정서 불안과 스트레스로도 이어질 수 있다. 서울의 소음은 가이드라인에서 제시하는 권고치보다 네 배나 높다고 한다. 배달 오토바이, 안하무인의 취객, 출처를 알 수 없는 온갖 것들이 만들어 내는 소음은 밤새 생동하며 샘물과도 같은 수면을 끝없이 방해한다. 때와 장소를 고려하지 않고 아무 데서나 마구 틀어놓는 음악도 소음 공해의 한 종류다.

왜 우리는 소리에 더 관대한가. 왜 보행자의 권리를 침해하면서 거리에 내놓은 스피커를 이용해 바닥이 울릴 정도의 볼륨으로 행패를 부리는 핸드폰 가게에 분노하지 않는가. 왜 지하철을 점령한 광고에서 연이어 터져 나오는 소리에 분노하지 않는가. 우린 공사장이 만드는 소음에만 유독 더 박하다. 공사장에서 만들어 내는 소음은 가끔 듣고 있으면 패턴을 파악할 수 있고 리듬을 느낄 수 있다(그래서 구체음악과 인더스트리얼 음악이 탄생했다). 하지만 왜 멀쩡히 길을 걷고 있는 내가 무방비 상태로 귀를 때리는 온갖 소리에 공격당해야 하는지.

천만다행히도 방향에 개의치 않고 뻗어나가는 소리와 다르게 우리의 몸에서 듣는 역할을 담당하는 기관은 지향성이다. 귀가 두 개뿐인 게 얼마나 천만다행인지! 귀가 뒤에 하나 더 달렸다고 상상하면 끔찍하다. 듣는 기관이 하나만 더 늘어나도 인간은 지치고 닳아빠질 것이다.

보기 싫은 게 있으면 눈을 감거나 고개를 돌리면 되고 맡기 싫은 냄새가 있으면 코를 막고 잠시 입으로 숨을 쉬면 된다. 하지만 듣기 싫은 소리가 있다면? 방법이 없다. 손가락으로 귀를 막아도 잠시뿐, 이어폰의 힘을 빌려도 소리는 뚫고 들어온다. 듣기 싫은 소리를 다른 소리로 대체하는 것뿐이니 평화로운 고요는 찾을 수 없다. 이런 소리의 특성이 소리를 혐오하게 만든다. 세상을 가득 채운 소리를 그로테스크하게 만든다.

국어사전의 정의를 빌리자면 '소리'는 '물체의 진동에 의하여 생긴 음파가 귀청을 울리어 귀에 들리는 것', '소음'은 '불규칙하게 뒤섞여 불쾌하고 시끄러운 소리', '음악'은 '박자, 가락, 음성 따위를 갖가지 형식으로 조화하고 결합하여 목소리나 악기를 통하여 사상 또는 감정을 나타내는 예술'이다.

어디까지가 소음이고 어디까지가 음악인지의 경계는 유동적이며 주관적이다. 누군가에게는 철로와 기차의 마찰이 규칙적으로 만들어 내는 소리가 드럼 비트보다 더 매력적인 리듬으로 들릴 수도 있고 누군가에게는 그저 한낮의 잠을 방해하는 소음일 수 있다. 누군가에게는 하루종일 들어도 지루하지 않을 차트 1위를 점령한 최신 유행가가 누군가에게는 소음보다 더 불쾌하고 시끄러운 소리가 될 수 있다. 음악을 좋은 음악과 나쁜 음악으로 구분짓기는 민감하고 어려운 사안이지만 깊은 음악, 얕은 음악으로는 구분할 수 있다고 생각한다. 의도가 빤히 보이는 얕은 음악이 나에겐 소음의 범주에 속한다.

24시간 포위당한 채 살지만 그 중요성과 중대성이 상대적으로 무시된 상태에서 연명하는, 그럼에도 자신의 존재를 연속적으로 드러내는 모순적이며 불멸의 존재인 소리란 대체 무엇일까. 소리는 대다수 사람들의 흥미를 별로 끌지 못한다. 사람들이 소리에 관대한 이유다. 그렇다면 나는 왜 소리를 혐오하면서 소리에 집착할까.

고무줄놀이 하는 여자애들의 고무줄을 끊고 머리 꽁지를 잡아당기는 남자애들의 저의를 우리는 알고 있다. 소리를 사랑하지 않고는 소리를 혐오할 수 없다. 소리에 미치지 않고는 소리를 혐오할 수 없다. 이 글은 혐오를 가장한 나의 사랑 고백이다.

4.

나의 목소리

소리 없는 말

작은 독립서점에서 우연히 필립 글래스$^{Philip\ Glass}$의 자서전 《음악 없는 말》을 발견하고 속으로 비명을 질렀다. 필립 글래스라면 나에게 미니멀리즘 음악을 소개해 준, 스티브 라이히$^{Steve\ Reich}$와 더불어 미니멀리즘 음악의 양대 산맥을 이루는 현대음악의 대가가 아닌가. 런던에서 처음 만난 그의 음악은 그동안 들어보지 못한 종류였기에 더욱 흥미로웠다.

런던에서 한국으로 돌아온 지 얼마 되지 않았을 때, 새로 접한 음악 장르를 따라 한답시고 미니멀리즘 음악을 꽤 많이 시도했다. 하지만 매번 눈에 띄는 멜로디를 넣어

달라는 요청과 함께 나의 미니멀리즘 음악은 서정적이고 선율이 넘치는 음악으로 둔갑했다. 눈에 띄지 않게 반복되는 음과 리듬이 곧 큰 멜로디 라인을 이루는데……라고 말하고 싶었지만 어차피 나도 미니멀리즘 음악 초짜였기에 혼자 작업하는 데에서 만족했다. 학교에서 학생들에게 스티브 라이히의 음악을 들려줬을 때에는 감동에 흠뻑 빠져 있는 나와 다르게 어지럽고 무섭다는 의견도 들었다. 전혀 무서운 게 아냐, 얘들아!

그런데 필립 글래스를 해방촌 언덕에 있는 책방에서 만나다니. 매우 흥미롭게 읽었던 존 케이지의 《사일런스》도 기억나지 않는 어느 책방에 떡 전시되어 있는 걸 발견해 손에 넣은 것이었다. 자꾸 돌아다니고 봐야 발견하고 경험할 수 있는 기회가 주어지는데 언택트 시대는 이렇게 즐거운 발견의 순간을 앗아 간다. 이미 이 상황에 익숙해진 나는 모든 것을 비대면으로, 온라인으로 해결하려고 한다. 사람과 사람 간의 교류도, 예술 작품과의 교류도 희미해져 간다. 이러다 나라는 사람 하나만 덩그러니 남는 게 아닌지.

필립 글래스의 음악을 들어보면 혹자는 계속 반복되는 단조로운 멜로디와 리듬이 왜 매력적이냐고 의아해할 수도 있다. 미니멀리즘 음악은 반복되고 교차되며 겹치고 어긋나는 음들의 잔치다. 이렇게 둘이 모이면 이런 리듬 패턴이 생기고 거기에 하나가 더 끼면 새로운 패턴이 생긴다. 셋 중에 다른 하나가 빠지면 또 다른 패턴이, 남은 둘이 시간 차를 두고 움직이면 완전히 다른 모양의 음악이 그려진다. 하나는 그대로 있는데 나머지 하나가 점차, 아주 천천히 빨라지거나 느려지면 몸은 한쪽 속도에 맞춰 끌려가며 긴장을 유지하다 음악적으로 맞아떨어지는 속도에 도달했을 때 긴장이 탁 풀린다. 이 순간에 리듬은 또 한 번 새로운 리듬으로 진화해 있다. 미니멀리즘 음악은 이렇게 들어야 한다. 반복되는 부분이 지루하다고 해서 10초씩 건너뛰며 들으면 새로운 패턴으로 느리게 변화하는 순간의 희열을 놓친다.

500페이지가 넘는 묵직한 책을 덮으며 제일 먼저 든 생각은 '어떻게 이렇게 기억력이 좋지?'였다. 난 어제 있었던 일도 깜빡깜빡하고 1년 전 일은 가물가물하다. 필립 글래스는 몇 년도에 어디에서 누구와 무슨 이야기를 했고 어떤 작업을 어떤 재료를 써서 어떤 방식으로 했는지까지 샅샅이 기록하고 있었다. 기억력이 이렇게 월등하니까 한국 나이로 85세가 된 지금까지도 활발하게 활동할 수 있는 게 아닌가 싶다.

두 번째로 든 생각은 '어떻게 유명해지기 전부터 교류한 사람들이 다 저명한 예술가들이지?'였다. 리처드 세라, 로버트 라우션버그, 오넷 콜먼 등, 오다가다 한 번쯤은 들어봤을 법한 예술가들의 이름이 줄줄이 사탕처럼 나온다. 그런 사람들 틈에 껴 있으면 예술에 관심 없던 사람도 예술가가 될 것 같다. 예술을 안 하고는 못 배길 환경이다. 이 역시 장수하는 예술가의 비결 중 하나일 테다.

생계를 유지하기 위해 작곡가로 투어를 다니는 와중에도 배관공으로 일하고 택시기사로도 일하다가 결국 작곡가로 역사에 한 획을 긋는 서사는 이제 꽤 흔하다. 대성한 사람들이 성공하기까지 산전수전 다 겪은 이야기는 많이 들어봤다. 이 책이 비슷한 자서전들 사이에서 유독 재미있었던 이유는, 삶에서 일어난 큰 사건들 사이사이를 채우는 음악과 함께한 생생한 여정이었다. 정통적인 과정을 따르면서 동시에 모험을 한껏 즐기는, 모범생이면서 동시에 불량학생인 여정.

음악을 넘어 미술, 문학, 무용에까지 이르는 놀라운 수준의 지식도 재미에 한몫했다. 한 예술가의 인생뿐 아니라 동시대 미국과 파리의 예술 사회를 훑어볼 수 있었다.

한 사람의 삶 자체가 곧 예술이니 책 한 권에서 명작을 감상한 셈이다.

글래스는 평생 자신을 대변하던 목소리인 음악을 내려놓고 말이라는 수단을 이용해 삶을 기록했다. 소리를 모아 음악을 만들듯 글자를 모아 말을 만드는 일은 여느 예술 활동만큼이나 정교하고 솔직한 창조 행위다.

이 페이지에 이르기까지 소리에 대해 하고 싶었고 해야 했던 모든 이야기를 털어놓았다. 이제 소리 없는 말로 나의 목소리를 들려주고 싶다.

위대한 예술가들을 따라가기 위해, 냉정한 세상에서 인정받기 위해 20대 대부분을 보냈다. 이젠 경쟁에 물든 사회가 정해준 섬뜩하고 우스꽝스러운 기준을 따라잡기 위해 달리는 삶이 아니라 내가 잡은 목표에 닿기 위해 매일 성장하는 삶이 내가 그리는 이상적인 삶이 되었다. 변덕스러운 나처럼 내 목표도 모양과 내용이 조금씩 바뀌지만 난 그 안에서 천천히, 하지만 분명히 성장하고 있다.

"개인적인 성장과 음악적인 발전을 동시에 추구할 시간과 에너지가 어떻게 가능했느냐며 놀란 듯 묻는 사람들이 많은데, 나로서는 두 가지를 모두 추구하지 않았더라면 과연 지금 여기에 이를 수 있었겠는가 하는 것이 의문이다."

—필립 글래스, 《음악 없는 말》

음악의 바짓가랑이를 잡고

음악을 '이번에는 정말' 떠나야겠다고 속으로 다짐할 때마다 신기하게 꼭 새로운 프로젝트가 날 찾아왔다. 이번 프로젝트까지만 마치고 떠나자 마음먹고 프로젝트를 완료한다. 그런데 작업을 하다보면 '좀 재밌는데?'라는 생각이 스멀스멀 들고 완료하면 성취감과 뿌듯함에 도취되어 이별 생각은 감쪽같이 잊어버린다. 하지만 곧 혼자 상처받는 일에 지쳐 다시 한번 굳게 떠날 다짐을 하면 신기할 정도로 딱 맞는 타이밍에 재밌고 욕심나는 프로젝트가 찾아왔다. 말도 안 되게 멋진 애니메이션에 음악을 입히는 일이라든가, 작지만 모두가 탐내는 공연장에서 공연할 기회가 생긴다든가, 페이가 아주 괜찮은 일이 들어온다든가. 이런 일들을 집중해서 하다보면 그 시간만큼은 내가 언제 음악을 떠나려고 했었나 기억도 나지 않을 정도로 빠져들어 작업했다. 프로젝트가 끝나면 어김없이 공허함이 찾아왔지만.

몇 번이고 그런 일을 겪고 보니 음악이 날 보내주지 않는 것 같다는 생각이 들었다. 나는 몇 번이고 헤어지자고 했는데 자꾸만 날 붙잡는다고 생각했다. 문득 어떤 길을 따라가며 나와 음악의 인연이 지금까지 질기게 이어졌는지 궁금해졌다. 음악을 돈과 엮어본 적 없는, 순수함을 넘어 순진했던 어린 시절부터 현실적이고 영악해진 지금의 나까지 나와 음악 사이에는 무슨 일이 있었을까. 굽이굽이 과거로 돌아가 굴곡진 길을 하나씩 따라가 봤다.

언급했듯 음악을 향한 관심과 사랑은 아빠로부터 내려왔다. 아빠는 10대 후반에 운전면허를 따기 위해 공부할 때 자동차의 모든 부품을 다 외웠었다고 지금도 자랑할 정도로 기계를 좋아한다. 직접 음향 장비 가게를 운영하기까지 했으니 얼마나 기계와 소리를 좋아했는지 알 법하다. 그런 아빠 옆엔 낭랑한 목소리로 노래 부르기를 좋아하는 엄마가 있었다. 엄마는 집에서 성악을 배웠는데 성악 선생님이 피아노로 음계를 반음씩 올리면 엄마의 목소리도 함께 반음씩 올라갔다. 끝도 없이 고음으로 치솟는 목소리는 날 불안하게 했다. 점점 빵빵해지고 있어 언제 터질지 모르는 풍선을 바라보는 마음으로 조마조마해하며 엄마의 목소리를 들었다.

우리 삼남매는 늘 흥이 넘쳤다. 아직도 기억나는 장면은 우리 셋이 카세트테이프 녹음기를 앞에 두고 아빠가 치는 기타 반주에 맞춰 목청이 터져라 노래하던 모습이다. 탬버린도 치고 박수도 치며 녹음한 노래를 돌려 듣는 게 그렇게 재밌었다. 당시 살던 집은 엄마가 운영하던 작은 가게 위에 있는, 다락방이 하나 딸린 단칸방이었다. 늘 어둡고 삭막했던 방에서 신나서 노래 부르던 기억마저 없다면 그 집에 대한 밝은 기억이 있을까 싶다.

그리고 방구석 무대 외에 우리를 위한 모든 것이 갖춰진 무대가 한 군데 더 있었다. 바로 아빠가 운영하던 음향 장비 가게! 노래방 기계도 있고 마이크도 있고 시간제한도 없다. 우리는 고래고래 소리를 지르고 박수를 치고 춤을 추며 노래를 불렀다. 〈창밖을 보라〉나 〈학교 종이 땡땡땡〉 같은 노래를 부르면서 얼마나 신나하는지 비디오테이프에 남겨진 모습은 웬만한 음악에도 감흥하지 않는 지금 내 모습과 극단적으로 다르다.

아빠는 크리스마스 선물이었는지 생일 선물이었는지 갑자기 바이올린 두 개를 사와서(쌍둥이를 키우면 모든 걸 두 개씩 사야 한다) 나와 J에게 연주해 보라고 줬다. 바이올린은 얼마 지나지 않아 그만뒀지만 현악기와의 감격적인 첫 만남이었다. 아빠는 이후에도 우쿨렐레나 이름도 몰랐던 퍼커션 등 출처를 알 수 없는 악기들을 집에 자주 사 들고 왔는데 초반에만 짧게 우리의 흥미를 끌던 악기들은 곧 자취를 감추었다. 둘 곳도 없는데 자꾸만 이상한 악기들을 사 오는 아빠 때문에 엄마는 스트레스를 많이 받았다. 불과 몇 년 전에는 동묘시장에서 다 망가진 오보에를 9만 원 주고 사 왔다. 엄마의 얼굴에는 더 이상 화낼 힘도 없다는 표정이 역력했다.

아빠는 내가 싱가포르에서 오보에가 갖고 싶어 일주일에 몇 번씩 야마하 매장 앞에 서 있었던 걸 안다. 유리창 뒤로 번쩍번쩍 빛나던 오보에는 1만 달러(당시 700만 원 정도)였다. 아빠는 의기양양하게 빛바래고 너덜거리는 오보에를 사 왔지만 수리하는 데에만 엄청난 돈이 들 건 뻔했고, 왜 쓸데없는 데에 자꾸 돈을 쓰냐며 핀잔하는 가족들의 성화에 이틀 정도 반짝 화제의 중심에 있던 오보에 역시 자취를 감추었다. 분명 어딘가에 숨겨놨을 거다. 아빠는 이야기가 깃든 물건을 절대 버리지 못한다.

바이올린은 꾸준히 못했지만 우리는 어린이 합창단에 들어가 시골에서 나름대로 순회공연도 다니며 합창단원으로 활발하게 활동했다. 당연히 난 음악과 가까워졌고, 평생 학원이라곤 한두 군데밖에 안 가봤지만 피아노 학원만큼은 꽤 오래 다녔다.

피아노 학원에 대한 기억은 한지 바른 창문 너머로 보이던 무시무시한 공동묘지와 함께한다. 수십 개의 무덤을 바라보며 피아노를 쳐야 했던 공동묘지 전망의 연습실은 학생들에게 기피 대상이었다. 나는 그 방이 배정되면 앞뒤좌우를 살피며 혹시라도 귀신이 나오면 언제든지 도망갈 마음의 준비를 단단히 하고 연습했다.

두 번의 전학을 거쳐 자리 잡은 서울에서는 중학교 2학년 때부터 반강제로 교회 반주를 하며 피아노를 놓지 못하게 되었다. 이때 피아노를 계속하지 않았다면 난 음악을 중도에 포기하고 다른 길로 들어섰을 것이다. 전도사님인 아빠 직업이 죽도록 싫고 창피해서 학교 생활기록부에는 늘 아빠 직업을 '자영업'이라고 적었고 절대 친구들을 집에 초대하지 않았다. 그런데 아빠가 전도사님이어서 싱가포르로 이사 갈 기회가 말도 안 되게 찾아왔다(놀랍고도 신비한 이 이야기는 언젠가 또 책으로 엮을 기회가 있을 것이다). 그곳에서 나는 열일곱 살에 성가대 반주자를 맡아(승진한 셈이다) 2년 동안 천사 같은 교인들의 배려로 고전 소설에 나올 것처럼 아름다운 예배당에서 엄청나게 비싼 몸값의 스타인웨이 그랜드피아노를 마음껏 칠 수 있었다.

싱가포르에서 처음으로 나만의 피아노도 가질 수 있었다. 중고 야마하 업라이트 피아노였는데 포도보다 맑은 보랏빛이 옅게 도는, 나무 나이테 무늬를 간직한 피아노였다. 소리는 영롱하고 깨끗하다 못해 아삭했다. 매일 피아노를 껴안고 살았다.

처음 몇 달간 다니던 현지 학교에서는 학교 오케스트라에 들어가 클라리넷을 배웠다. 오보에를 배우고 싶어 오케스트라에 들어간 거였지만 딱 하나 있던 오보에의 자리는 비는 일이 없었다. 영어는 못했지만 눈치와 감으로 연주 방법을 익혔다. 안 통하는 말 때문에 스트레스를 많이 받고 있던 시기였는데 리허설 때만큼은 악기로 할 말을 대신하니 속이 너무 평온하고 편했다. 역시 언어를 초월하는 음악의 힘이다.

싱가포르에도 싱가포르만의 소리가 있다. 거리에는 늘 영어, 중국어, 말레이시아어, 인도어가 뒤섞여 울리고, 목청이 우리나라 새보다 열 배는 큰 것 같은 열대 새들이 알람보다 더 큰 소리로 아침을 깨운다. 아무 때나 내킬 때 쏟아지는 굵은 빗소리는 얼마나 우렁차고 시원시원한지 소리만 듣고 있어도 더위가 가신다. 달궈진 땅을 삼킬 듯한 기세로 내리던 비는 몇 분만 지나면 아기가 울음을 뚝 그치듯 멈춘다. 아직 땅은 흐린 기색을 감출 준비가 덜 되었는데 하늘에는 이미 반짝 광채가 드리운다. 반은 흐리고, 반은 햇살 가득한 환상적인 장면이 펼쳐진다. 이 독특한 빗소리는 비가 내린 직후 찾아올 눈부신 해를 기대하게 한다.

싱가포르에서의 형형색색으로 물든 삶은 내 머릿속을 화려하고 멋있는 미래로 가득 채웠다. 난 내가 공부를 진짜 잘하는 줄 알아서 예일대에 갈 수 있을 줄 알았고, 예일대에 가려고 보니 음대가 더 가고 싶어서 줄리어드에 갈 수 있을 줄 알았다. 혼자서 세운 이 무모한 계획이 조금 창피해서 사람들에게는 숨기고 있었는데 어느 날 아빠의 지인이었던 한국 선교사님이 나에게 무슨 대학에 가고 싶냐 물어보셨다. 나는 주저주저 "예일대요······"라고 했고 민망함에 머뭇거리고 있는데 선교사님은 영어도 제대로 못하던 나에게 "당연히 갈 수 있지! 가면 되지!"라고 말해주셨다. 한국에서 복학한 학교에서 넌 서울에 있는 대학은 못 갈 거라고 딱 잘라 말하던 담임선생님과 너무 달랐다. 어른의 말 한마디가 아이에게는 평생의 기억이 된다.

내가 간절히, 너무도 간절히, 한국행이 확정되기까지 매일 밤 울며 기도했던 대로 우리 가족이 싱가포르에 계속 남아 있었으면 내 삶은 많이 바뀌었을 것이다. 예일대와 줄리어드까지는 아니라도 미국에 있는 대학교를 갔을 수도 있다. 하지만 세상이 뜻대로만 된다면 재미가 없지.

야자수만큼 푸르고 시도 때도 없이 쏟아지던 빗방울처럼 짧고 굵었던 싱가포르에서의 2년 반 생활을 마치고 한국으로 돌아와 대학교에 가기 전까지 1년 반을 또다시 어둡고 삭막하게 보냈다. 아르바이트를 하며 음악 레슨도 꾸준히 받았다. 입시를 위해 클래식 작곡을 배우고, 재즈 작곡을 배우고, 결국 음대는 못 갔지만 대학교에 가서는 록에 빠졌다. 로커가 되고 싶었지만 되지 못하고 런던에 가서 실험음악을 접했다. 실험음악을 배우며 일렉트로닉에 빠졌다. 그리고 다시 한국으로 돌아와서 사운드 디자이너, 음악감독, 싱어송라이터가 되었다.

어린 시절까지 거슬러 올라가 음악과 나의 인연을 이렇게 죽 늘어놓고 보니 여태 음악이 날 따라온 게 아니라 내가 음악의 바짓가랑이를 붙잡고 따라다녔다는 게 한눈에 보인다. 난 내가 떠나려 할 때마다 음악이 날 붙잡은 걸로 착각하며 살아왔었다. 꽤 충격적인 반전이다. 이래서 사람에겐 삶을 돌아보는 시간이 필요하다. 이왕 이렇게 된 거 조금 구차해도 바짓가랑이를 조금만 더 잡고 있어야겠다. 이번엔 날 또 어디로 끌고 갈지 모르니까.

영감은 어디에서 오는가

이 물음에 대한 답은 사실 생각보다 간단하다. '관찰하는 자세'다. 남들은 흘깃 보고 지나치는 것들, 삶 속에 들어온 동화 같은 것들을 포착하는 눈과 귀는 그렇게 하려고 마음먹은 자세로부터 온다.

"아름다운 것에서 아름다운 의미를 찾아내는 사람은 교양인으로 이런 사람들에게는 희망이 있다"라고 오스카 와일드는 말했다. 모두가 밤하늘의 달을 본다. 누군가에게는 어떠한 영향도 미치지 못한 똑같은 달에서 의미를 찾아내는 사람에게는 희망이 있다. 아름다운 것들에 둘러싸여 있어도 아름다움을 보지 못하는 사람이 많다. 예술가는 그 안에서 아름다운 의미를 찾아내야 하며, 찾아내는 자세가 바로 영감이 된다.

나는 왜인지 어릴 때부터 나중에 유명해졌을 때를 대비해 인터뷰에서 이런 질문을 받게 되면 어떻게 대답할지 상상 속에서 예행연습을 꽤 자주 해왔다. 푸르른 하늘과 길가에 핀 꽃 한 송이, 시작과 끝을 알 수 없는 파도와 같은 자연에서 영감을 받는다는, 순수하지만 근본적인 대답, 마음속 깊이 꽂힌 우연히 본 단어 한 개, 책에서 본 한 구절이 영감의 원천이 된다는 대답 등을 준비해 뒀었다.

혹시 BBC 같은 데에서 인터뷰 요청이 오면 대답도 해야 하기에 영어로도 준비를 해놓았다. 그때는 워낙 상상연습을 자주 해서 영어로도 유창하게 답할 수 있었는데, 지금은 기억이 가물가물하다. 위의 답변은 매우 진부하고 꾸며낸 말처럼 들리지만 실제로 위 문장 속 대상들이 나의 영감의 원천과 창의력을 건드리는 가장 큰 힘이 되어왔다.

20대 초중반의 나에게 영감은 무조건 올 때까지 기다려야 하는 것이었다. 황송하고 송구한 마음으로 나를 찾아주시기를 간절히 바라며 교만하지 않고 겸손하게, 혹여나 날 찾아왔다 굳게 닫힌 문 앞에서 발길을 돌리지 않게 마음의 문을 활짝 열어두고 기다려야 했다. 그렇게 오매불망 기다리다 영감이 찾아오면 그 낌새를 저 멀리서부터 알아채고 버선발로 뛰어나가 맞이해도 모자랐다. 그렇게 귀빈 대접 하며 극진히 맞이해도 언제 마음이 바뀌어 쌩 떠날지 모르니까. 그래서 나는 은연중 술이나 마약의 힘을 빌리거나 주변인들에게 민폐를 끼치고 광기를 보이며 창작하는 예술가들을 인정하고 동경하기까지 했다. 멋진 예술은 그렇게 해야만 탄생하는 줄 알았다.

그러다 보니 어쩌다 한번 찾아오는 영감을 맞이하게 되면 그때부터 집착이 시작되었다. 이걸 놓치면 안 돼, 뭐라도 될 때까지 무조건 붙잡고 늘어져야지. 그리고 나의 주변인, 가족들을 향한 민폐와 광기가 시작됐다. 힘이 많이 빠진 지금은 이전만큼 개인 작업을 하지 않고 있어서 그럴 일이 별로 없으니 다행이다. 건강한 정신으로 성실하게 작업하는 사람들이 건강한 작품을 만들어 낸다는 것을 깨달았기에 건강한 정신 상태를 유지하는 데에 더 힘을 쏟고 있다.

음악을 업으로 삼은 지 10년이 넘고 보니 영감이란 그렇게 무작정 기다려서는 안 되는 것이었다. 회사원들이 매일 아침 정해진 시간에 출근해 퇴근할 때까지 어쨌든 회사에 붙어 있는 것처럼 예술가들도 일단 엉덩이 붙이고 앉아 뭐라도 해야 한다고 생각한다. 꼭 작업이 아니라도 책을 읽는다거나 다른 사람의 작품을 감상하거나 자극이 되는 활동을 하다보면 진전이 있는 날도 있다. 설령 아무런 진전이 없다 해도 그렇게 한 활동이 모두 내 안에 남으니 소중한 자산이 된다.

창작하는 사람들에게 매너리즘은 피할 수 없는 방해물이다. 막상 매너리즘이라는 단어를 꺼내놓고 보니 '매너리즘'의 정확한 정의가 무엇인지 나도 실은 잘 모르고 있다는 생각이 들었다. 지식백과를 찾아보니 '예술 창작이나 발상 면에서 독창성을 잃고 평범한 경향으로 흘러 표현 수단의 고정과 상식성으로 인하여 예술의 신선미와 생기를 잃는 일'이라고 아주 정확하고 가차 없이 말해주고 있다. 이 정의를 보고 내가 지금 매너리즘에 빠져 있다는 걸 깨달았다. '예술의 신선미와 생기를 잃는 일'이라니, 무서운 말이다.

예술이 신선하지 않고 생기 넘치지 않는다면 예술을 하는 데 무슨 재미가 있을까. 예전엔 슬럼프나 매너리즘에 빠지는 걸 극도로 경계하고 무서워했다. 한 번 빠지면 거미줄에 걸린 것처럼 정신이 몽롱해져서 며칠이고 누워만 있게 되기 때문이다. 지금은 매너리즘에 빠진 것도 못 느끼는 매너리즘에 빠진다. 전보다 감정 기복이 덜하다는 말이다. 내가 생각하는 기준으로 어른이 되고 나니 혈기 넘치던 때에 비해 많이 합리적인 사람이 되어 있다. 일을 할 때에도 합리적으로, 실용적으로 하려고 노력한다.

사운드를 디자인해야 할 영상 파일이 이메일로 온다. 영상의 종류는 때에 따라 다양하다. 화려한 미디어아트 영상일 때도 있고 이제 막 구성이 잡히기 시작한 공연 리허설 영상일 때도 있다. 영상이 거의 완성되어 나에게 전달되면 음악을 영상에 딱 맞게 맞춰야 하고, 영상이 아직 느슨한 초기 단계면 음악이 전개를 이끌고 나가야 할 때도 있다. 파일을 다운로드하고 한번 쭉 훑어본다. 이메일에 함께 온 영상과 음악 콘셉트에 대해 정리한 글을 훑어본다. 이제부터 고민 시작이다. 어디서부터 어떻게 시작할까.

아이디어가 떠오르지 않는다. 피아노를 뚱땅뚱땅 쳐본다. 안 어울린다. 그럼 비트 먼저? 이것도 아니군. 아예 장르를 바꿔서 일렉트로닉으로? 더 안 어울린다. 핸드폰을 30분 정도 보면서 영양가 없는 시간을 보낸다. 쓸

데없이 보내는 30분은 왜 이리 금방 흐르는지. 빨리 다시 일을 시작해야 하는데 컴퓨터 앞에 앉기가 왠지 싫고 부담스럽다. 소파에 누운 듯이 앉아, 읽다 만 책을 편다. 음, 재밌군. 문학에서 뭔가 영감을 얻을 수 있을지도 몰라……라고 생각하는 새 깜빡 잠이 든다. 15분 정도 졸다 깜짝 놀라 일어나 얼음물을 마시고 책상 앞에 다시 앉는다. 집중 안 될 땐 역시 음악 감상이 최고지. 유튜브를 연다. 알고리즘이 추천해 주는 음악이 눈앞에 펼쳐진다. 오늘은 이걸 들어볼까? 1분도 되지 않아 다음 영상을 틀고 똑같은 행동을 몇 번이고 반복한다. 이젠 음악도 이렇게 듣는다는 사실이 슬프면서도 편리하고, 속상하면서도 편리하다. 이런저런 음악을 책장 넘기듯 훑어 듣다가 한 영상에서 멈춘다.

오, 바로 이 느낌이야! 드디어 감이 왔다. 역시 모방은 창조의 어머니이다. '모방'이라는 단어에는 베낀다는 의미도 있지만 흉내 낸다는 의미도 있다. '흉내'의 맥락에서 나는 남의 작품을 모방하는 것이 파렴치한 짓이라 생각하지 않는다. 멋있는 작품을 참고하고 비슷하게 흉내 내는 작업을 하다보면 나라는 예술가가 튀어나올 수밖에 없다. 분명 내가 참고한 예술가들도 자신들보다 더 훌륭한 예술가들의 작품에서 똑같이 영감을 얻었을 것이다. 자신의 예술성과 스타일이 그 사이를 뚫고 나오지 않는다면 그건 변명의 여지 없이 표절이다.

이렇게 한 번 작업 속도에 불이 붙으면 그때부터는 속전속결로 진행된다. 집중력을 최대한 발휘하고 있는 순간에 누군가가 방해하면 정말 화가 난다. 부모님으로부터 독립하게 된 계기도 여기에 있다. 마우스를 빛의 속도로 조작하고 있는데 똑똑 노크 소리가 나고 "밥 먹어~"라는 말이 들린다. 헤드폰을 벗고 나중에 먹겠다고 말할 수 있는 상황이 아니라 못 들은 척하면 문을 열 때까지 노크는 멈추지 않는다.

나는 내가 까탈스럽다고 생각하지 않는다. 잠시 한눈을 팔면 머릿속에 있던 게 달아나 버린다. 그런 불상사가 일어나면 앞에 반복된 행동을 처음부터 다시 해야 한다. 그래서 작업하는 사람들에겐 독립된 공간과 시간이 반드시 필요하다.

돈도 영감의 원천 중 하나다. 액수에 따라 품는 열정의 크기가 달라진다. 이런 태도를 비전문적이라 비난할 수 있는 사람은 별로 없을 테다. 작업 성격에 따라 돈이 전혀 중요하지 않은 때도 물론 있지만 10만 원 주는 일과

100만 원 주는 일에 차등을 두는 건 당연하다.

영감을 길어 올리는 또 다른 우물은 문화생활이다. 좋아하는 다큐멘터리나 영화를 보면 게으르게 누워 있던 감각이 정신을 번쩍 차린다. 나에겐 특히 독서가 많은 도움이 된다. 소리로 표현하는 음악가들과 다르게 글자로 표현하는 작가들의 철학과 신념을 읽으면 정신이 번쩍 든다. 문학을 대하는 집념과 열정, 책임감까지 느껴진다.

나는 예술인 중 소설가를 가장 존경한다. 더 이상 아무것도 할 수 없다고 느껴질 때 소설가가 솔직하고 세밀하게 그려놓은 세계에 들어가면 포근한 쉼을 얻을 수 있고 다음 영감으로 이어지는 열쇠를 얻을 수 있다. 글자로만 접하는 세계는 종종 더 생생하고 선명하다. 하얀 여백과 검은 선으로만 이루어진 세계에 내 상상이 더해지면 색깔과 소리가 입혀진다.

여기까지 언급한 영감의 원천들을 곁에 두고 성실함까지 갖추면 매일매일이 생산적이고 창의적인 날들로 채워진다. 말은 이렇게 술술 잘해도 실천하기는 어렵다. 내가 한 말대로만 실천했더라면 지금보다는 내가 원하는 이상향에 조금은 더 가까워져 있지 않을까. 하지만 삶에서 가정법은 아무런 쓸모가 없다. 일어나지도 않은 일을 상상해 볼 시간에 상상력 넘치는 작품을 만드는 게 낫다. 자신을 채찍질하는 근면성실함 또한 영감이 될 수 있다. 영감이 꼭 로맨틱한 것만은 아니니까.

더 많이 공부하고 더 열심히 일하자

"해는 매일 아침 뜬다. 매일 열심히 일하라. 그러면 매일
밤 편안히 잠들 수 있다. 그러면 다음 날 다시 새로운 해
돋이를 볼 수 있다. 일하면서 하루를 보내면 그것이 쌓여
그 사람의 일생이 된다."

일본 소설가 구니키다 돗포의 단편 〈해돋이〉에 나오는,
내가 정말 아끼고 사랑하는 구절이다. 가끔 일이 치사하
게 느껴져서, 몸이 무거워서, 머리가 복잡해서, 일을 손에
서 놓고 아무 생각 없이 편히 있고 싶은 마음이 간절할 때
가 있다. 그럴 땐 쉬는 게 상책이다. 쉼 없이 줄기차게 일

만 하다간 영화 〈샤이닝〉의 잭이 될 수도 있다. 하지만 게으름에 최적화된 인간에게 잠깐 맛본 휴식의 달콤함은 혀 끝에 남아 소파로, 침대로 우릴 유혹한다. 유혹이 찾아왔을 때 회사원은 누울 수 없지만 프리랜서는 누울 수 있다. 유혹에 아주 쉽고 간단하게 굴복할 수 있다. 마감 기한이 코앞에 닥치지 않은 이상 일을 미루고 또 미룰 수 있다. 마감 직전에 가장 양질의 집중력과 창의성을 발휘하는 벼락치기의 달인인 나는 유혹에 꽤 자주 굴복한다.

프리랜서의 가장 큰 적은 게으름이다. 자는 시간을 제외한 나머지 시간이 무한대로 보인다. 하루 종일 혼자 일해야 할 때가 많아서 하루를 내가 알아서, 균형 있게 관리해야 한다. 하는 일의 특성상 어떤 날은 몇 분도 허투루 보내지 않고 아주 만족스럽고 생산적인 하루를 보낼 때가 있는 반면, 어떤 날은 하루를 버렸다는 생각이 들 정도로 아무런 결실 없이 그날을 마무리할 때도 있다. 찝찝한 날이지만 어쩔 수 없다. 그럴 때 앞에 인용한 글귀처럼 동기부여가 되는 글이 당근이 되기도 하고 채찍이 되기도 한다. "일하면서 하루를 보내면 그것이 쌓여 그 사람의 일생이 된다." 지금 어떤 일을, 어떤 자세와 마음가짐으로 하느냐에 따라 나라는 사람이 달라지고 나의 일생이 달라진다는 생각을 하면 편히 누워 있던 몸이 벌떡 뛰어오른다.

음악을 포함한 예체능 계열에 속한 사람들 중 많은 이들이 한량이라는 누명을 덮어쓰고 산다. 누명일 수도 있고 편견일 수도, 때론 사실일 수도 있다. 비스듬히 누워 기타 줄이나 튕기고 흥얼흥얼대는 모습이 충분히 배짱이처럼 비춰질 수 있기에 이해가 되기도 하지만 억울하기도 하다. 우리 역시 다른 어떤 이들만큼 열심히 일하고 열심히 사는 사람들이다.

앞에서 계속 나는 게으른 사람이라 실토했지만 멍하니 보내는 시간보다 능률적으로 보내는 시간이 훨씬 더 많다고 한마디를 살짝 보탠다. 필립 글래스도《음악 없는 말》에서 "예술가로 일하는 사람들은 보통 매우 규칙적인 생활을 한다. 아침에 일찍 일어나고, 하루 종일 일한다. 대부분의 사람들이 예술가에 대해 가지고 있는 편견과는 사뭇 다르다"라고 말했다. 그런데 왜 예술가는 게으르다는 이미지를 갖게 된 걸까.

고등학생 때 실제로 "나도 그냥 예체능이나 할걸"이라는 말을 들어본 적이 있다. 지방에 있는 고등학교였는데 학생들 간 경쟁이 얼마나 치열하고 치사했는지, 필기할 때 옆에서 못 보도록 손으로 가리고 할 정도였다. 그렇게 공부하던 아이들이 원하는 점수가 나오지 않고 공부에 지치자 자기들끼리 농담으로 깔깔대며 그렇게 말한 것이었다. 예체능이 한다고 하면 할 수 있는 건 줄 알았나 보다. 남들 공부할 때 연습하고 남들 공부할 때 작업하는데, 레슨 간다고 정규수업을 밥 먹듯 빠지니 그렇게 보일 수도 있었겠다.

예체능은 공부도 안 하고(또는 못하고) 하고 싶은 것만 하면서 편하게 산다는 인식이 너무 싫었고 지금도 싫다. 그래서 나 자신부터 매일을 배움으로 채우려 노력하고, 가르치던 학생들에게도 공부를 끝없이 강조했다. 예체능 계열이면 무식하다는 편견이 생길 틈을 주는 건 예술가 자신이다. 예술적 감수성을 지닌 사람들은 지혜롭고 똑똑하고 부지런하다는 걸 보여줘야 한다. '너넨 대신 좋아하는 거 하잖아'라는, 좋아하는 일을 하는 게 마치 편하고 태평한 삶이라는 듯 여기는 반응을 애초에 차단하기 위해서다.

예술가들은 하기 싫은 일을 억지로 하는 사람이 태반인 세상에서 좋아하는 일을 선택한 다복한 무리이기 때문에 무엇을 하든 더 멋지고 더 확실하게 해내야 한다. 아무도 자기가 하는 일이 조금 힘들다고 그 화살을 예술가에게 돌리며 '넌 좋겠다'라고 비꼬듯 말할 수 없게 해야 한다.

음악을 아무리 열렬하게 좋아한다고 해도 죽도록 하기 싫을 때가 있다. 책을 손에서 놓지 못하는 나지만 한 글자도 눈에 들어오지 않을 때가 있다. 아무것도 집중이 안 되고 아무것도 하기 싫은 순간은 어느 직종에 있든 모두에게 찾아온다. 다만 그 순간이 얼마나 자주 찾아오느냐에 따라 자신이 하고 싶은 일, 또 할 수 있는 일인지를 판가름할 수 있다고 생각한다. 아무것도 안 하고 누워 있는 게 제일 좋을 때가 있고 강아지와 고양이가 제일 부러울 때도 있다. 하지만 인간은 그보다 훨씬 더 많은 일을 할 수 있게 지어졌다. 일주일이고 한 달이고 1년을 아무것도 안 하고 누워만 있어도 행복한 사람은 없다.

나는 노동의 가치를 아주 높이 산다. 수고하고 땀 흘리는 노동이 더 인간을 고귀하고 숭고하게 만들어 준다. 펜트하우스에 살며 람보르기니를 몰아도 딱히 하는 일 없이 낮이나 밤이나 여기저기 기웃대는 사람에게 존경심을 느끼기는 어렵다. 적어도 나는 그렇다. 예술이 직업이라면 예술도 곧 노동이다. 노동하지 않고 배부르려는 시도는 사치이다.

예술가들의 인터뷰를 모아둔 책을 읽은 적이 있다. 한 나이 든 화가는 작업실에 9시에 출근해 6시에 퇴근한다며, 예술가들도 회사원들이 일하는 시간만큼 책상에 붙어 있어야 한다고 말했다. 매우 공감했다. 완벽하게 지키진 못하지만 나도 정해놓은 일정에 맞춰 일어나고 일하려고 매일 부단히 노력한다. 졸릴 것 같으면 아침부터 얼른 카페로 피신한다. 카페에서 졸 수는 없으니(존 적은 있지만) 강제로 눈을 부릅뜨고 시원한 아메리카노 한 잔을 들이켜면 뭐라도 하긴 하게 된다. 심지어 버지니아 울프도 매일 아침 10부터 밤 10시까지 글을 썼다고 하는데 나 같은 사람은 그 두 배, 세 배, 열 배를 해도 모자라다. 반의반도 못 하는 게 문제지만.

직업인으로의 예술가는 또한 직업인답게 행동해야 한다. 필요한 기술이 있으면 끝없이 공부하고, 익히고, 자신이 하는 일에 뼈와 살이 될 지식을 쌓아야 한다. 내가 다루는 소프트웨어가 업데이트되면 어떤 기능이 새로 생겼는지도 파악해야 하고, 새로운 악기가 등장하면 역시 한 번쯤 뭐가 개선되었는지, 어떤 게 새로운지 확인해 보는 게 좋다. 세상이 빠른 만큼 전자음악 세계도 빠르게 움직인다.

나같이 고립적인 성향을 가진 사람들은 자기만의 고집과 자기만의 세계 안에 갇혀버릴 가능성이 크기 때문에 세상사 돌아가는 이치도 자발적으로 알아봐야 한다. 고전 문학이나 예술 관련 서적만 편독하던 내가 요즘에야 필요성을 깨닫고 정치나 경제 뉴스도 읽고 다른 분야의 책도 간간이 읽으려고 노력하는 이유다. 내가 얼마나 세상사에 무지한지 깨닫는 순간이다. 이렇게 꼰대 같은 말을 줄줄이 늘어놓는 이유도 나 자신에게 경각심을 불러일으키기 위함이다.

　이런 과정을 통해 소중하고 아름다운 노동의 가치를 깨달으면 일상을 반영한 건강하고 멋진 작품도 만들어 낼 수 있을 것이라 자부한다. 하루가 어떻게 지나가는지도 모르게 열심히 일하고 배우고 나면 현재에 대한 불평도, 미래에 대한 걱정도 그 시간만큼은 잊어버린다. 불평과 불안, 걱정에 빠지는 순간은 멍하니 생각에 잠길 때다.

　돈과 사람은 배신해도 배움과 노동은 배신하지 않는다. 내일도, 내일모레도 오늘과 비슷하게 하루에게 허무한 작별을 고하지 않기 위해 또 한 번 기억한다. 해는 매일 아침 뜬다. 매일 열심히 일하자.

나는 가끔 울보가 된다

"음악의 미는 얼마나 불가사의한 것인가!"
—미시마 유키오, 《금각사》

이번 공연을 준비하면서는 악몽을 두 번밖에 꾸지 않았다. 악몽이라 이름 붙이기엔 조금 미안한, 공연과 관련된 꿈이다. 수십 번 되풀이해서 똑같은 부분을 다시 작곡한다거나 알람이 울리기 직전까지 연주 연습을 한다거나 하는 정도의 꿈만 짧고 굵게 두 번 꾸고 끝났다. 나에겐 악몽을 꾸는 횟수나 강도, 깊이가 일하면서 받는 스트레스를 가늠할 수 있는 척도다.

아, 줄어드는 몸무게도 또 하나의 척도다. 공연 준비 기간부터 당일까지 늘 2~3킬로그램이 빠지고 양 볼이 유령 신부처럼 움푹 파인다. 하지만 이번엔 오히려 볼 살이 꽉 차 올랐다. 마음이 상대적으로 편했나 보다. 내 어깨에 얹어진 부담이 이전 공연에 비해 가벼웠다는 점도 작용했겠지만 이제는 극도로 예민한 상태로 작업하면서 일주일 내리 악몽을 꾸고 가위에 눌리면서까지 일하진 않겠다는 나의 의지가 보인 부분이기도 하다. 상황이 주는 스트레스보다 나 자신이 만들어 내는 스트레스가 훨씬 커서 마음을 제어할 수 있는 사람이 되기 위해 속으로 연습을 많이 했다.

몇 년 전에 또 다른 공연 준비를 하며 극심한 스트레스에 시달린 적이 있다. 리허설 중간에 큰 문제가 생겼고 리허설 내내 가시방석에 앉아 피아노를 연주하듯 온몸이 쑤시고 아프고 정신은 멍한 상태로 리허설을 마쳤다. 아, 이제 드디어 집에 가는구나…… 홈 스위트 홈……을 생각하며 무거운 몸을 이끌고 출구로 향하고 있었는데 또 다른 문제가 터졌다. 계약 관련 문제로 연주자 한 명이 나를 붙잡은 것이다. 너무 복잡했다. 오해가 있었고 언쟁이 오갔고 멍한 나의 정신은 점점 흐려져 정말 눈앞이 캄캄해지는 상황을 경험하기도 했다. 시간은 늦었고 보는 눈이 많았기에 일단 상황을 마무리하고 귀신처럼 주차장으로 향해 가는 나를 보며 다른 연주자들이 "힘내세요……"라고 조심스레 말해주었다.

넋이 나간 사람처럼 당시 살고 있던 경기도 광주까지 극장이 있던 대학로에서부터 약 35킬로미터를 달렸다. 온갖 상념들이 머릿속을 공격했다. 눈물인지 뭐 때문인지 눈앞에 보이는 길은 여전히 뿌옇게 시야를 가렸고 어떻게 집에 도착했는지 기억도 나지 않았다. 집 근처에 다다르자 거의 드리프트를 하듯 24시간 편의점에 들러 막걸리 두 병을 샀다. 역시 드리프트를 하며 지하주차장에 주차를 하고 엘리베이터 안에서 뚜껑을 따 현관문을 열고 들어가자마자 목구멍으로 막걸리를 들이부었다. 꿀꺽꿀꺽 크게 한 모금에 뱃속으로 내려보내자 뜨뜻한 기운이 몸으로 퍼지면서 곤두서 있던 신경이 조금 가라앉았다.

그날은 그냥 그렇게 해야만 했다. 가슴이 너무 답답해 무언가로 쓸어내려 보내야 했다. 아무런 조치도 취하지 않고 그 상태로 누웠다가는 단 1분도 잠들지 못해서 다음 날을 망쳐버리거나 밤새 꿈속에서 오늘 겪었던 똑같은 일을 비디오테이프 되감기하듯 겪고 또 겪어 다음 날을 망쳐버리거나 둘 중 하나였다.

얼굴이 하얗게 질린 나를 보며 놀라는 J에게 그날 있었던 일들을 털어놓으며 펑펑 울었다. 서러움, 분노, 억울함, 온갖 감정이 눈물 콧물과 뒤범벅됐다. 그렇게 울다가 겨우 정신을 차릴 정도로만 남아 있던 에너지를 모두 소진하고 방바닥에 쓰러져 잠들었다.

다음 날, 공연 직전까지 불안해하던 마음과는 다르게 늘 그랬듯 공연은 완벽하게 끝났다. 이 경험을 통해 나는 울고불고 난리치고 뒤집어엎어 봤자 아무런 소용도 없다는 걸 절실히 깨달았다. 굳이 그렇게 반응하지 않았어도 되었을 텐데 왜 그랬을까 하는 생각이 머릿속을 맴돌며 나를 괴롭혔다. 그때 나는 그 정도의 사람이었기에 그 정도의 반응을 보인 거라 생각한다. 그 정도 사람에게는 지극히 자연스러운 반응이다. 지금은 한 줌 정도 더 성숙해졌다. 비슷한 일이 또 생기면 그때와는 한 줌 정도 다르게 반응할 것 같다.

사실 공연이 어떻게 끝났는지, 내가 연주를 어떻게 했는지는 전혀 기억이 나지 않는다. 악보 따라가랴, 주변 연주자들 신경 쓰랴, 정신이 하나도 없어서 커튼콜까지 연주하고 막이 내려오고 나서야 '아, 끝났구나' 하는 생각이 들었을 뿐. 어쨌든 관객들의 우레와 같은 박수 소리에 출연진들 얼굴에 화색이 돌고 연주자들 사이에서도 뿌듯한 감정과 동지애가 오갔다. 이후 일주일 정도 아무것도 안 하고 누워만 있었다. 책을 읽을 의욕도 없었다. 소파에 멍하니 누워서 졸기도 하고 먹기도 하면서 시간을 보냈다.

한 달인지 두 달이 흐르고 이메일로 당시 공연 영상을 받았다. 영상을 보면 그때의 기억이 떠올라 또 스트레스를 받을 것 같아 살짝 걱정이 앞섰다. 걱정 반 기대 반으로 재생 버튼을 누르고 컴퓨터 화면 안에서 막이 올라가는 장면을 봤다. 음악이 시작되고 움직임이 시작되는데 갑자기 목이 메어왔다. 너무 아름다웠다! 전혀 예상치 못하게 결국 또 눈물 콧물을 짰다.

그리고 어제, 가장 최근에 음악을 맡았던 무용 공연에서 몇 년 만에 객석에 앉아 공연을 관람할 기회가 있었다. 〈We, now and then〉이라는 작품으로, 코로나로 인해 잠시 멈춘 것 같은 삶을 돌아보며 홀로, 또 같이 살아갈 현재와 이후까지 그리는 작품이다. 늘 라이브 연주를 해왔기에 무대 뒤에서 배경처럼 검은 옷을 입고 공연 내내 긴장한 상태로 숨죽이고 앉아 있어야 했는데 이번엔 집에서 작업을 모두 끝냈기 때문에 객석에 앉아 편히, 화려한 옷을 입고 공연을 관람할 수 있었다. 음악 순서가 틀리면 어쩌나 마음을 졸이거나 걱정할 필요도 없었다.

매미 소리와 잔잔하고 넓게 공간을 채우는 신스 사운드가 서서히 페이드인 되며 극장 안을 한여름 밤으로 만든다. 막이 올라가고 하나둘 움직임이 시작된다. 다른 이들은 움직임에 초점을 맞춰 공연을 관람하겠지만 나는 소리에 초점을 맞춰 움직임을 본다. 음악과 움직임이 하나가 되는 순간이 나올 때마다 속에서 뭉클한 무언가가 몽글몽글 요동쳤다. 객석에서 보니 느낌이 완전히 달랐다. 그동안 이 공연을 만들기 위해 수많은 이들이 쏟아낸 수고와 노력과 땀이 한눈에 보였다. 점점 감정이 고조되다가 어느 한 장면에서 왈칵 눈물이 쏟아지려 해서 참느라 주먹을 꽉 쥐었다.

누군가는 지루하다고 졸았을 수도 있고 누군가는 나와 비슷한 경험을 했을 수도 있다. 난 공연이 가진 힘을 온몸으로 체험했다. 꿈과 현실이 뒤엉킨, 모든 것이 가능한 세계로 나를 보내주는 힘. 그 세계에서 나는 또 한 번 울보가 되었다가 서서히 어두워지는 조명과 그에 맞춰 작아지는 음악, 사방에서 터져 나오는 박수 소리에 현실로 돌아온다. 이런 순간들이 있기에 다시 일어나 음악을 마주할 수 있다.

  난 왜 이렇게 눈물이 많은 건지, 음악을 만들다가도 울고 완성된 음악을 듣다가도 울고 사람들에게 음악 얘기를 하다가도 울고 울 일이 너무 많다. 눈물을 흘리면 눈에 있는 이물질이 함께 빠진다. 어쩌면 난 울보라서 아직도 이 일을 할 수 있는 건지도 모른다. 속에 불순물이 너무 많다.

더 나이 들어 떠나도 늦지 않아

"하루 종일 너란 바닷속을 항해하는 나는 아쿠아맨~."

밤에 서늘한 한강을 걸으며 듣는 이 노래는 언제 들어도 좋구나. 듣는 사람은 마냥 좋기만 한 이 노래 가사 당사자의 마음이 얼마나 아픈지는 어항 속 물고기가 되어봐야만 알 수 있다.

내 평생 짝사랑 대상은—손발이 오글거릴 수 있다고 미리 경고한다—음악이다. 그렇게 음악에 집착하는 내 마음을 끊임없이 표현해 놓고 새삼스럽게 다시 말할 필요도 없지만. 내가 널 얼마나 사랑하는지 소리쳐 외치고 싶지만 무형의 음악은 내 얘기를 들을 순 있는 건지, 나라는 존재를 알기나 하는 건지 늘 나의 손길이 미치는 범위 밖에 있다.

음악을 짝사랑하는 사람이 우리 집에 한 명 더 있다. 계속해서 등장하는 아빠다. 아빠는 60대 후반인 지금도 헤드폰을 끼고 유튜브에서 좋아하는 뮤지션들의 공연 영상을 찾아 보며 넋을 잃는다. 집에 있는 시간의 반절은 헤드폰을 끼고 있다. 나보다 공연 영상을 더 많이 찾아본다. 그러면서 입버릇처럼 "음악의 힘보다 더 큰 힘은 없다", "음악은 위대하다", "그러니까 너도 고정관념을 깬 음악을 해야 한다" 등의 휘황찬란한 문장들을 혼잣말처럼 한다. 아빠의 열정과 집념은 누구보다 잘 이해하지만 가족 밴드를 하고 싶어 하는 꿈만큼은 제발 포기하시라고 다시 한번 강력하게 말하고 싶다.

사람들은 좋은 음악을 들으면 행복해하지만 나는 좋은 음악을 들으면 마음이 찢어지게 아프고 슬프다. '이 사람은 어떻게 이 나이에 이런 노래를 만들었지?', '나는 지금까지 뭘 하고 산 거지?', '어차피 이렇게 하지 못할 거였으면 음악을 왜 시작했을까' 등등 자책과 회한의 차원에 빠져든다. 이 짝사랑에 지쳐 그 사랑을 끝내려고 시도한 적이 딱 한 번 있다. 삐치고 토라졌다가 금세 다시 돌아가는 감정적인 시도가 아니라 실체적이며 진지한 시도였다.

2019년, 난 모든 것에 지쳐 있었다. 음악뿐 아니라 삶에도 지쳐 있었다. 재미있는 건 하나도 없었고 모든 게 버거웠다. 아무것도 하고 싶지 않다는 말을 입에 달고 다녔고 멍하니 누워 있을 때가 가장 평온했다. 엎친 데 덮친격으로 당시 맡은 일까지 너무 힘들어서 모든 게 무너지기 직전이었다. 얼기설기 쌓아놓은 나뭇조각들 중 하나만 빼면 위태롭게 균형을 잡고 있던 조각들이 와르르 무너지는 건 시간문제였다.

문과생이었던 대학생 시절, 나는 음대 수업이 너무 듣고 싶었다. 그래서 혼자서 작곡과에서 하는 컴퓨터 음악 수업을 신청해 들었는데 그때 가르쳐 주시던 선생님이 나의 열정을 알아보시고 런던으로 유학 갈 때 추천서도 써주셨다. 선생님 공연에서 조수 역할도 한번 할 정도로 친분을 유지하다가 연락이 끊겼다. 그런데 그 선생님을 10년의 세월이 흐른 후, 공연장 로비에서 우연히 딱 마주쳤다! 삶에 재미와 흥미를 잃고 눈 밑에 다크서클을 길게 늘어뜨리고 유령처럼 로비를 배회하고 있던 날에 말이다. 원래부터 공연 음악감독으로 활동하시는 걸 알고는 있었지만 이렇게 만나게 될 줄은 몰랐다. 정말 신기하게도 같은 날

공연하는 앞뒤 팀의 음악감독으로 만난 것이었다. 나에게
는 신분 상승인 셈이다.

시간이 남아 로비에서 이런저런 이야기를 나눴다. 나
는 선생님께, 이제 많이 지쳤고 요즘 너무 힘들어서 음악
계를 완전히 떠날 거라고 아주 무겁고 심각한 톤으로 말
씀드렸다. 나의 진지한 모습에 깜짝 놀라시거나 무슨 일
이냐고 걱정하실 줄 알았는데 의외로 계속 웃으시기만 했
다. 그러면서 "더 나이 들어 떠나도 늦지 않아"라고 말씀
하셨다. 난 아주 심각했는데 선생님의 가벼운 반응에 김
이 빠졌다.

난 그때 정말 진지하게 직업의 전향을 꿈꾸고 계획하
고 있었다. 어릴 때 음악에 발 들이지 않았다면 지금 무엇
을 하고 있었을지 곰곰이 상상해 봤다. 이제 와서 음악을
포기할 거라면 음악의 모든 단점을 보완해 주는 직업이면
좋겠다는 생각이 들었다. 고정적인 수입과 4대 보험을 제
공해 주며 노후가 보장된, 부모님께 걱정을 끼치지 않고
그 누구도 이렇게 해봐라 저렇게 해봐라 왈가왈부할 수
없는 그런 멋있는 직업. 음악 다음으로 제일 좋아하고 잘
하는 게 영어이니 영어를 많이 쓰는 직업이면 어느 정도
충족이 될 텐데…….

어릴 때부터 외교관이란 직업이 그렇게 멋있어 보였다. 프랑스 작가 로맹 가리도 외교관과 작가를 겸업하며 프랑스 최고의 작가가 되지 않았던가. 설레발에 한국사 책도 사서 읽고 원래부터 야금야금 공부하던 프랑스어를 다시 집어 들었다. 그런데 이래저래 검색을 해보니 누군가 외교관을 준비하려면 최소 2년 정도는 고시원에서 죽은 듯이 공부만 해야 한다고 말했다. 당연한 건데 나는 또 모든 걸 너무 쉽게 생각하고 있었다. 바로 포기했다.

영어로 할 수 있는 일 중 수입이 어느 정도 보장된 직업은 영어 강사다. 엄마는 나와 J가 힘을 합쳐 영어학원 차리기를 애타게 원하고 원했지만 우리 둘 다 그건 원하지 않았다. 빌어먹는 놈이 찬밥 더운밥 가릴 수 없다는 말이 있는데 나는 시작부터 찬밥 더운밥을 가리고 있었다.

그렇다면 글 쓰는 걸 좋아하니 아예 전업 작가로? 하지만 글쓰기는 앞에 말한 음악이 가진 단점을 모두 갖고 있다. 성공하는 0.1퍼센트가 모든 것을 장악하는 약육강식의 법칙이 잔인하게 적용되는 세계. 그곳을 떠나는 게 목표인데 똑같은 세계에 제 발로 다시 뛰어들 순 없었다.

대형 서점에 가서 기술 관련 코너의 책 제목들을 쭉 훑으며 내가 할 만한 게 있나 살펴봤지만 역시나 실패. 그러다 어릴 때 빠졌었던 뜨개질에까지 생각이 닿았다. 중학생 때 혼자 아주머니들 사이에 끼어 뜨개질 공방에 다니면서 어른이 되면 나도 이런 걸 하고 싶다고 생각한 적이 있었다. 하지만 그러기에 나는 끈기가 부족했다. 신나게 시작했다 마무리를 짓지 못해 만들다 만 뜨개질 소품들이 집에 한바구니 쌓여 있었고 떴다 풀었다 한 실들도 얽히고설킨 채로 장롱 구석에 처박혀 있었다. 거기다 낯선 사람들과 대화하는 걸 극도로 어려워하는 내가 매일 사람들과 소통하고 교류해야 하는 뜨개질 공방? 몇 달도 못 버티고 망할 것이다. 두 달 정도 네이버와 구글, 서점, 지인들의 경험 등을 바탕으로 결과를 종합해 본 후, 결국 세상에 쉬운 건 아무것도 없다는 사실만 뼈저리게 깨닫고 조용히 직업 전향 시도를 접었다.

공연장에서 만났던 선생님이 음악계를 영영 떠나려는 나의 외침에 왜 그렇게 무덤덤하게 반응하셨는지 불현듯 이해가 됐다. 선생님은 이미 알고 계셨던 거다. 내가 금방 돌아오리라는 걸.

가끔 음악이 싫다고, 제발 내 인생에서 사라지라고 고래고래 소리치고 싶을 때가 찾아온다. 그럼에도 이어폰에서 흘러나오는 명곡들은 마음을 들쑤시고 찌른다. 심지어 내가 만든 곡을 듣거나 내가 만든 음악이 입혀진 영상, 공연, 움직임을 봐도 감정이 북받쳐 오르고 눈물이 차오르는데 그런 내가 어떻게 음악을 떠날 수 있을지 상상조차 되지 않았다.

좋은 노래 하나가 불러일으키는 수많은 감각과 장면과 불가사의한 미를 어떻게 설명할 수 있을까. 그 순간은 나를 한없이 비굴하게 만든다. 음악에게 다시는 불평 안 할 테니 평생 옆에 붙어 있게만 해달라고 매달리고 싶게 한다. 세상에서 제일 멋있는 존재의 어장 속 물고기 한 마리가 되고 싶게 한다. 경쟁은 무척 험하고도 아득하지만 그 안에서 헤엄만 쳐도 여한이 없을 것 같다.

오늘도 눈을 뜨면 내가 언제까지 음악을 할 수 있을지, 앞으로의 험난한 여정이 보이며 문득 두려움이 스쳐 지나간다. 나에게 음악은 깊이를 헤아려 볼 수 없는, 잔잔하다가도 금세 파도를 일으켜 모든 것을 휩쓸어 버리는 바다와 같다. 음악은 내가 예술에서 찾고 싶고 갖고 싶어 하는 모든 조건을 무한히 충족한다. 짝사랑 대상이 될 모든 조건을 무한히 충족한다. 이렇듯 신비한 존재의 아름다움을 마음껏 음미하고 소비한 후 나라는 사람이 바닥까지 탈탈 털렸을 때, 그때 음악을 떠나도 늦지 않을 것 같다. 멜로

·영화의 주인공처럼 후회 없는 사랑을 한번 해봐도 늦지
않을 것 같다.

그럼에도 나는 꿈꾼다

"수고하셨습니다~."

스태프들에게 인사하고 연주자들끼리 인사하고 주섬주섬 악기와 장비를 정리한다. 아직 무대 위에서는 공연의 열기와 여운이 가시지 않았지만 조명이 꺼지고 청소가 시작되기에 최대한 빨리 악기를 빼야 한다. 공연을 마치고 가장 씁쓸한 순간을 꼽자면 바로 이 순간이다. 음악 공연이 아닌 이상 모든 공연에서 음악은 주연이 돋보이게 받쳐주는 조연이 되는 게 당연한 일이건만 항상 주인공을 꿈꾸는 나는 이 순간이 조금 씁쓸하다.

역시 음악이 주인공이 아닌 전시에서도 마찬가지다.

"네가 음악 맡았다던 전시 가봤는데 야외라서 그런지 소리가 하나도 안 들려서 아쉽더라." 음악이 좋았다는 얘기보다 소리가 작아서 잘 못 들었다는 반응이 가장 많다.

"요청하신 대로 음악 볼륨을 좀 키워달라고 전달했는데 아무래도 전시인지라 조용한 분위기를 원해서 불가능하다고 하네요." 이럴 때 정말 기운이 빠진다. 방 안에 틀어박혀 영상에 나오는 작은 움직임부터 장면이 전환되는 부분들에 하나하나 소리를 맞추기 위해 기울인 노력이 결국 내 헤드폰 밖을 뚫고 나오지 못한 것 같아 마음이 아프다.

장면과 정확히 맞아떨어지도록 예술적으로 손보는 작업이 끝나면 어떻게든 선명하게 잘 들리라고 심혈을 기울여 믹싱한다. 그렇게 하나의 작품이 완성된다. 하지만 볼륨이 조금 크다고 여겨지면 가차 없이 볼륨 페이더를 내려버리고 방해되지 않을 정도로 잔잔히 깔리는 배경음악이 되어버리니 속상할 수밖에. 아빠는 항상 툴툴댄다. "음악이 여기에서 얼마나 중요한데 이렇게 들릴락 말락 해놓는 거야!" 그러면서도 이런저런 각도에서 인증 사진을 수십 장 찍고 가 친척들이 모두 모여 있는 밴드에 홍보하기 바쁘다.

공공장소라, 야외라, 데시벨 제한이 있다는 이유다. 상황을 이해 못하는 건 아니지만 시끄럽게 느껴질 정도로 크게 틀어주길 원하는 게 아니다. 음악도 작품의 한 부분이기에 보는 이들이 음악이 있는지 없는지도 모를 정도로 틀어놓지만 말아달라는 부탁이다. 사람들 말소리, 지나가는 자동차 소리에 묻혀버릴 정도로 볼륨을 줄여버리면 누구보다 예쁘게 태어난 내 딸을 세상 험하다고 꽁꽁 싸매놓은 기분이다.

시원하게 터지는 음악과 함께 영상은 생생하게 움직인다. 그러나 많은 이들에게 주인공인 다른 대상과 함께 있는 음악은 그저 배경음악에 불과하다. 튀지 않으면서 허전한 느낌은 채워주는, 말 그대로 배경만 물 흐르듯 채워주면 되는 음악. 영상과 한 몸처럼 움직이는 음악이 힘 있게 뚫고 나와줘야 영상도 살아나고 듣는 이들의 감동도 배가될 텐데.

앰비언트 음악의 대가 브라이언 이노는 영화 없는 영화음악을 만들었다. 제목부터 'Music for Films'로 영화를 위한 음악이지만 영화는 없다. 앨범을 재생하는 순간부터 당장이라도 데이비드 린치의 영화가 시작될 것 같지만 영상은 없다. 소리뿐이다. 기발한 발상의 전환이다. 시각이 항상 차지하던 상석을 청각이 꿰찬 거다. 트랙 중 하나인

〈Slow Water〉를 들으며 축축하고 따뜻한 촉각과 비릿하면서도 달콤한 후각이 살아남을 느낀다. 이게 바로 영화 없는 영화음악이며 주연 없는 주연이다.

한 달이 채 안 되는 기간 동안 훌쩍 강릉으로 떠났다. 갑작스럽게 찾아온 변덕을 바로 실행에 옮긴 것인데 내가 즉흥적으로 시도했던 그 어떤 것보다도 완벽하고 만족스러운 모험이었다. 사람은 역시 자연과 맞닿아 살아야 함을 느꼈다. 이후 진지하게 '탈서울'을 고민했다. 이 고민은 현재진행형이다. 서울이라는, 전국에서 모인 꿈이 넘쳐흐르는 도시에서 나보다 더 운 좋고 능력 좋고 간절한 꿈들과 경쟁할 자신이 없었다. 그런 생각에 빠져 있을 때 어디에서나 일할 수 있는 프리랜서라는 직업의 장점을 한껏 활용할 기회가 찾아온 것이다.

마음이 답답하고 거북할 때, 집중이 안 될 때, 잡생각이 공격할 때, 시도 때도 없이 테라스에 나가 숲 공기를 들이마시고 바다를 바라봤다. 바다는 묘하다. 한도 끝도 없이 보고 있어도 지루하지 않다. 아무것도 하지 않아도 변함없는 존재만으로 인간을 숙연하게 만든다. 흑등고래 같은 바다 앞에서 내 고민은 플랑크톤이다. 바다가 입을 벌리면 고민이 한 입에 빨려 들어간다.

바다와 함께한 지 일주일쯤 되었을 때 모든 것을 털어
놓을 수 있는 베스트 오브 베스트 프렌드가 급작스럽게
방문했다. 친구는 첫 아이를 출산한 지 80일밖에 되지 않
은 초보 애 엄마였는데 내가 전날 보낸 밤바다 사진에 요
동치는 마음을 억누르지 못하고 한걸음에 달려온 것이었
다. 한걸음에 달려왔다는 표현이 그렇게 딱 들어맞는 상
황도 없었다.

낮 동안 여느 관광객들처럼 초당 두부마을에서 순두부
전골을 먹고 바닷가 앞 카페에서 강냉이 아이스크림도 먹
고 숙소로 돌아가던 길에는 갑자기 마음이 동해서 바다에
도 뛰어들고, 꽉 찬 하루를 보냈다.

해가 저물고 분위기가 무르익자 우리는 바다가 보이는
테라스에 앉아 곱창과 회, 맥주를 놓고 인생을 논했다. 그
래봤자 과거를 소환해 웃음꽃을 터뜨리거나 현재 삶에서
만족스럽지 않은 것들에 대해 하소연하는 정도였지만 꽤
진지했다.

조금씩 배가 불러오고 얼굴에 뜨끈한 열기가 올라올 때
쯤 미래에 대한 이야기로 주제를 옮겼다. 아이는커녕 결
혼도 안 한 나에게 아직까지는 나의 커리어가 가장 중요

한 미래였다. 현재 맡은 음악 관련 프로젝트에 대해서도 이야기하고 지금 쓰고 있는 직업 에세이에 대해서도 이야기했다. 불현듯 나는 혀가 약간 꼬인 소리로 친구에게 외쳤다(중지 손가락으로 허공을 찌르며).

"내 에세이의 마지막 장 제목이 뭔지 아냐?"

친구는 궁금한 표정으로 뭐냐고 물었고, 한번 숨을 들이마신 후 단어를 내뱉으려는 순간 단어 대신 눈물이 터져 나왔다. 이런 얘기를 하며 그동안 울었던 게 한두 번이 아니라 친구도 익숙해져 있었건만 30대 중반이 되어서도 이런 얘기가 나온다고 울 줄이야. 다행인 건 J와 정말 친한 친구 몇 명 앞에서만 눈물이 나온다는 거였다. 다른 사람들 앞에서는 절대 이렇게 솔직해지지 않는다.

나는 드문드문 끊어지는 호흡과 눈물 콧물 사이로 띄엄띄엄 단어를 읊었다. "그럼……에도 나는, 혹, 예술가를…… 혹" 하고 다시 끄어어어어 하며 대성통곡했다. 우느라 말을 결국 다 못 끝낸 그때의 나를 대신해 마지막 장 제목을 말해주자면 '그럼에도 나는 예술가를 꿈꾼다'이다.

바다와 알코올을 탓한다. 그 분위기에서는 누구나 민감한 부분을 건드리면 나처럼 오열했을 것이다. 그런데 바다도 없고 알코올도 없는 대낮 서울의 카페에서 이 글을 쓰면서 또 눈물이 고이는 건 왜인지? 내가 사람들에게 일이나 음악과 관련해 여간해서 속마음을 잘 털어놓지 않는 이유가 바로 이거다. 그들에게 신세한탄이나 하는 존재로 비쳐지고 싶지 않은 자존심이 나라는 사람을 활짝 여는 걸 꺼리게 만든다.

아주 오래전, 함께 공연 활동을 하던 지인이 문득 "음악을 그만두고 싶었던 적 없어?"라고 물었다. 나는 그만두고 싶었던 적은 한 번도 없는데 왜 처음부터 음악을 택했을까 후회해 본 적은 있다고 답했다. 처음부터 택하지 않았으면 시작도 안 했을 일인데 시작한 이상 놓을 수가 없어서였다. 훗날 그 지인은 나의 답변이 매우 멋있었다고 말했다. 그때 나는 겨우 20대 초반이었다. 10년이라는 세월이 흘러 온갖 패배감과 쓰라린 경험을 맛본 후 진심으로 음악을 떠나고 싶었던 순간을 한 번 맞이하기 전까지 음악은 나의 쌍둥이 언니보다도 더 나와 가깝게 붙어 있는 존재였다.

음악과 예술을 꿈꾸는 수많은 사람들이 어떤 목적으로, 어떤 마음가짐으로 그 길을 선택했는지는 알 수 없다. 다만, 지금 글을 읽는 이 곁에 그런 사람이 한 명이라도 있다면 인내와 신뢰로 믿고 기다려 주었으면 한다. 그들은 충실히 자기 밥벌이를 챙기고 있고 미래를 걱정하고 있으며 누구보다 삶에 대해 진지하게 고민하고 성찰하고 있다.

결국 창피하게 친구 앞에서 또 울어버리고 다음 날 괜히 민망해서 쿨한 척했지만 그게 내 진심이라는 건 모두가 알고 있다. 주인공 취급 못 받는다고 앞에 투정 부린 이야기는 잠깐의 하소연이라 여기고 잊어주길 바란다. 울다가 웃다가 투정 부리고 감사하며 다가오는 순간을 맞이하다 보면 멋진 예술가가 되어 있을 것이다.

잠깐, 생각해 보니 난 지금도 예술가다. 만족스럽진 않지만 충분한 자격 요건을 갖춘 훌륭한 예술가다. 그럼 제목을 살짝만 바꾸겠다. '그럼에도 나는 예술가를 꿈꾼다'에서 '그럼에도 나는 꿈꾼다'로.

야식을 시켜먹을지 책상에 앉아 밀린 글을 쓸지 딜레마에
빠져 있던 늦은 저녁 시간, 친한 선배에게 카톡이 왔다.
"'Tune'에 관한 생각을 듣고 싶어. Tune은 너희에게 무
슨 의미야?"

이렇게 글로 옮기고 나니 제3자에게는 매우 낯간지럽
게 들릴 수도 있겠다는 생각이 든다. 갑자기 이런 질문을
왜 하는지 궁금할 수도 있다. 음악과 종교, 정치 및 철학
에 대해 비슷한 견해를 가진 우리는 가끔 이렇게 은근슬
쩍 멋있는 대화를 나눈다. 이번 질문의 취지는 비즈니스

와 관련되어 있었지만.

"전 직업병 때문에 tune은 맞춰야 하는 대상이라는 생각이 먼저 들어요. 하지만 어긋난 둘이 만나면 아주 재미있는 소리를 만들어 내죠. 두 소리 중 한 개의 tune을 살짝 비틀고 두 개를 동시에 재생하면 단조로운 소리가 풍성해지는 현상은 아주 매력적이에요."

글로 옮기면 정녕 이렇게 오글거리게밖에 표현이 안 되는 것인가. 아무튼 나의 답이다. J는 "'Stay tuned'라는 말이 제일 먼저 떠오르네요. '채널 고정!'이라는 의미지만 계속 우리와 조화롭게 연결되어 있어 달라는 뜻으로 저에겐 들려요"라고 말했다.

질문을 던진 선배의 답은 이랬다. "Tune이라고 하면 나는 오보에가 떠올라. 오케스트라의 수많은 악기의 조화를 위해 언제나 가장 먼저 소리를 내주는 오보에. 시작할 때의 두려움을 극복한 상징이 오보에야."

나와 J는 혼자 멋있는 대답 미리 준비해 둔 것 아니냐고 툴툴댔다. 조화를 추구하지만 살짝 어긋났을 때 오히려 더 잘 어울리며, 조화롭기 위해선 용기도 필요하다는 결론이었다.

사람 간의 관계에서도 적용되는 규칙이 음악에서도 적

용된다. 성격이 완전히 똑같은 사람 둘이 모였다고 해서
문제가 전혀 없는 게 아니다. 세상을 바라보는 시각과 가
치관은 같되 다른 성격과 개성을 가진 사람 둘이 있을 때
단조로운 관계가 풍성해지고 재밌어진다.

  명사로는 '곡조', '선율', 동사로는 '조율하다'라는 의
미의 tune에서 이렇게 많은 이야기와 철학이 나온다. 단
어 하나에서 고유하고 풍성한 이야기를 길어 올릴 수 있
는 사람들이 곁에 있어 행복하다. 시시콜콜한 이야기, 쓸
데없는 농담, 가끔은 가십거리도, 다 너무 좋아하는 이야
깃거리지만 이런 대화가 난 늘 고프다.

  자꾸 잠들려고 하는 마음속 깊이 박혀 있는 이야기를
꺼내 올려 오는 대화. 끌어 올려져 바깥 공기를 마신 이야
기는 혼자 있을 때 또 다른 이야기로 이어지고 혼을 깨우
며 나의 하루를 바쁘게 만든다. 나를 생각하게 만든다. 말
이 가진 힘이다. 5분도 되지 않는 시간 안에 존재했던 대
화는 나를 책상에 앉게 했고 이야기를 만들게 했다. 이런
작은 대화들이 모여 하나의 큰 이야기, 큰 삶을 이룬다.

  소리를 다루는 일을 업으로 삼은 것이 불행인지 다행인
지 매번 의견이 달라진다고 말했었다. 소리에 대해 온갖
이야기를 다 털어놓고 보니, 소리를 사랑하는 내가 사운

드 디자이너라는 직업을 갖게 된 건 다행이며 행운이다. 내가 할 수 있는 일은 소리의 대변인이 되는 것이다. 소리가 하고 싶은 말을 내 손과 귀를 빌려주어 대신해 주고 싶다. 하고 싶은 말이 있어도 누군가의 입과 손을 통하지 않고서는 직접적으로 입장을 표명할 수 없던 소리 역시 나라는 사람을 만나 할 말을 마음껏 할 수 있게 되었으니 소리가 더 운이 좋은 것일 수도.

분에 넘치는 여정이었다. 나의 보물 같은 일과 사랑하는 대상을, 역시 고이 아끼는 글을 통해 세상에 소개하게 되다니. 소리와 예술과 직업을 비판적이면서도 애정을 듬뿍 담은 눈으로 돌아볼 수 있었다. 내가 하고 있는 일의 가치도 다시 한번 되뇌어 본다. 글을 쓰는 동안 잠시 잊고 있던, 소리를 향한 열정이 반짝 타올랐다. 현실을 살며 불꽃은 또 스르르 사그라들 테지만 소리에 포위되어 살고 있는 난 소리로부터 벗어날 수 없다. 내가 원하지 않아도 소리는 날 찾아온다.

글을 쓰기 시작한 순간부터 마치는 순간까지, 나는 여전히 소리에 예민하고 까다로운 사람이며 여전히 매일 공부하며 일하는 사람이다. 소리 때문에 분노하고 황홀해하며, 부서지고 치유되기를 반복하는 사람이다. 여기까지 함께한 독자들이 나의 이야기를 통해 동일한 경험을 했으면 한다.

나는 소리의 권력을 믿는다. 소리의 가능성을 믿는다.

* 본문에 인용한 문구들의 출처

24쪽: 파스칼 키냐르, 김유진 옮김, 《음악 혐오》, 프란츠, 2017.

134쪽: 앙투안 드 생텍쥐페리, 허희정 옮김, 《인간의 대지》, 펭귄클래식코리아, 2015.

172쪽: 아르튀르 랭보, 김현 옮김, 《지옥에서 보낸 한철》, 민음사, 2016.

198~199쪽: 필립 글래스, 이석호 옮김, 《음악 없는 말》, 프란츠, 2017.

218쪽: 구니키다 돗포, 인현진 옮김, 《구니키다 돗포 단편집》, 지식을만드는지식, 2015.

225쪽: 미시마 유키오, 허호 옮김, 《금각사》, 웅진지식하우스, 2017.

일하는사람 #005

소리를 디자인하는 사람

초판 1쇄 인쇄 2021년 11월 1일
초판 1쇄 발행 2021년 11월 15일

지은이 | 고지인
발행인 | 강봉자

펴낸곳 | (주)문학수첩
주소 | 경기도 파주시 회동길 503-1(문발동 633-4) 출판문화단지
전화 | 031-955-9088(마케팅부), 9532(편집부)
팩스 | 031-955-9066
등록 | 1991년 11월 27일 제16-482호

홈페이지 | www.moonhak.co.kr
블로그 | blog.naver.com/moonhak91
이메일 | moonhak@moonhak.co.kr

ISBN 978-89-8392-884-9 03810